周作人散文精选集

周作人 著

瓦屋纸窗，清泉绿茶

中国出版集团 现代出版社

图书在版编目（CIP）数据

瓦屋纸窗，清泉绿茶：周作人散文精选集 / 周作人
著 . —— 北京：现代出版社, 2021.3
ISBN 978-7-5143-9121-3

Ⅰ . ①瓦… Ⅱ . ①周… Ⅲ . ①散文集 – 中国 – 现代
Ⅳ . ①I266

中国版本图书馆CIP数据核字(2021)第053432号

瓦屋纸窗，清泉绿茶：周作人散文精选集

著　　者	周作人	
责任编辑	裴　郁	
出版发行	现代出版社	
地　　址	北京市安定门外安华里504号	
邮政编码	100011	
电　　话	(010) 64267325	
传　　真	(010) 64245264	
网　　址	www.1980xd.com	
电子邮箱	xiandai@vip.sina.com	
印　　刷	北京盛通印刷股份有限公司	
开　　本	880 mm × 1230 mm　1/32	
印　　张	7.5	
字　　数	151千字	
版　　次	2021年7月第1版　2021年 7月第1次印刷	
书　　号	ISBN 978-7-5143-9121-3	
定　　价	39.00元	

目录

辑 一

我住过的地方都是故乡

学校生活的一叶

　　1901年的夏天考入江南水师学堂，读"印度读本"，才知道在经史子集之外还有"这里是我的新书"。但是学校的功课重在讲什么锅炉——听先辈讲话，只叫"薄厄娄"，不用这个译语，——或经纬度之类，英文读本只是敲门砖罢了。所以那印度读本不过发给到第四集，此后便去专弄锅炉，对于"太阳去休息，蜜蜂离花丛"的诗很少亲近的机会；字典也只发给一本商务印书馆的《华英字典》，（还有一本那泰耳英文字典，）表面写着"华英"，其实却是英华的，我们所领到的大约还是初版，其中有一个训作变童的字，——原文已忘记了，——他用极平易通俗的一句话作注解，这是一种特别的标征，比我们低一级的人所领来的书里已经没有这一条了。因为是这样的情形，大家虽然读了他们的"新书"，却仍然没有得着新书的趣味，有许多先辈一出了学堂便把字典和读本全数遗失，再也不去看他，正是当然的事情。

　　我在印度读本以外所看见的新书，第一种是从日本得来的一本《天方夜谈》。这是伦敦纽恩士公司发行三先令半的插画本，其中有亚拉廷拿着神灯，和亚利巴巴的女奴拿了短刀跳舞的图，我还约略记得。当时这一本书不但在我是一种惊异，便是丢掉了字典在船上供职的老同学见了也以为得未曾有，借去传观，后来不知落在什么人手里，没有法追寻，想来即使不失落也当看破了。但是在这本书消灭之前，我便利用了它，做了我的"初出手"，《天方夜谈》里的《亚利巴巴与四十个强盗》是世界上有名的故事，我看了觉得很有趣味，陆续把它译了出来，——当然是用古文而且带着许多误译与删节。当时我一个同班的朋友陈君订阅苏州出版的《女子世界》，我就把译文寄到那里去，题上一个"萍云"的女子名字，不久居然登出，而且后来又印成单行本，书名是《侠女奴》。这回既然成功，我便高兴起来，又将美国亚伦坡（E. Allen Poe）的小说《黄金虫》译出，改名《山羊图》，再寄给女子世界社的丁君。他答应由小说林出版，并且将书名换作《玉虫缘》。至于译者名字则为"碧罗女士"！这大约都是1904年的事情。近来常见青年在报上通讯喜用姊妹称呼，或者自署称什么女士，我便不禁独自微笑，这并不是嘲弄的意思，不过因此想起十八九年前的旧事，仿佛觉得能够了解青年的感伤的心情，禁不住同情的微笑罢了。

此后我又得到几本文学书，但都是陀勒插画的《神曲·地狱篇》，凯拉尔（Caryle）的《英雄崇拜论》之类，没有法子可以利用。那时苏子谷在上海报上译登《惨世界》，梁任公又在《新小说》上常讲起"嚣俄"，我就成了嚣俄的崇拜者，苦心孤诣的搜求他的著作，好容易设法凑了十六块钱买到一部八册的美国版的嚣俄选集。这是不曾见过的一部大书，但是因为太多太长了，却也就不能多看，只有《死囚的末日》和"Claude Gueux"这两篇时常拿来翻阅。1906年的夏天住在鱼雷堂的空屋里，忽然发心想做小说，定名曰《孤儿记》，叙述孤儿的生活；上半是创造的，全凭了自己的贫弱的想象支撑过去，但是到了孤儿做贼以后便支持不住了，于是把嚣俄的文章尽量的放进去，孤儿的下半生遂成为 Claude 了。这个事实在例言上有没有声明，现在已经记不清楚，连署名用那两个字也忘记了。这篇小说共约二万字，直接寄给《小说林》，承他收纳，而且酬洋二十圆。这是我所得初次的工钱，以前的两种女性的译书只收到他们的五十部书罢了。这二十块钱我拿了到张季直所开的洋货公司里买了一个白帆布的衣包，其余的用作归乡的旅费了。

以上是我在本国学校时读书和著作的生活。那三种小书侥幸此刻早已绝板，就是有好奇的人恐怕也不容易找到了：这是极好的事，因为他们实在没有给人看的价值。但是在我自己却不是如此，这并非什么敝帚自珍，因为他们是我过去的出产，表示我的生活的过程的，所以在回想中还是很有价值，而且因了自己这种经验，略能理解现在及未来的后生的心情，不至于盛气的去呵斥他们，这是我所最喜欢的。我想过去的经验如于我们有若干用处，这大约是最重要的一点罢。

十一年十一月记

（1922 年 12 月 1 日刊于《晨报副镌》，署名作人）

夏夜梦抄

序言

  乡间以季候定梦的价值，俗语云春梦如狗屁，言其毫无价值也。冬天的梦较为确实，但以"冬夜"（冬至的前夜）的为最可靠。夏秋梦的价值，大约只在有若无之间罢了。佛书里说，"梦有四种，一四大不和梦，二先见梦，三天人梦，四想梦"。后两种真实，前两种虚而不实。我现在所记的，既然不是天人示现的天人梦或豫告福德罪障的想梦，却又并非"或昼日见夜则梦见"的先见梦，当然只是四大不和梦的一种，俗语所谓"乱梦颠倒"。大凡一切颠倒的事，都足以引人注意，有纪录的价值，譬如中国现在报纸上所记的政治或社会的要闻，那一件不是颠倒而又颠倒的么？所以我也援例，将夏夜的乱梦随便记了下来。但既然是颠倒了，虚而不实了，其中自然不会含着什么奥义，不劳再请"太人"去占；反正是占不出什么来的。——其实要占呢，也总胡乱的可以做出一种解说，不过这占出来的休咎如何，我是不负责任的罢了。

一 统一局

仿佛是地安门外模样。西边墙上贴着一张告示，拥挤着许多人，都仰着头在那里细心的看，有几个还各自高声念着。我心里迷惑，这些人都是车夫么？其中夹着老人和女子，当然不是车夫了；但大家一样的在衣服上罩着一件背心，正中缀了一个圆图，写着中西两种的号码。正纳闷间，听得旁边一个人喃喃的念道，

"……目下收入充足，人民军等应该加餐，自出示之日起，不问女男幼老，应每日领米二斤，麦二斤，猪羊牛肉各一斤，马铃薯三斤，油盐准此，不得折减，违者依例治罪。

饮食统一局长三九二七鞠躬"

这个办法，写的很是清楚，但既不是平粜，又不是赈饥，心里觉得非常糊涂。只听得一个女人对着一个老头子说道，

"三六八（仿佛是这样的一个数目）叔，你老人家胃口倒还好么？"

"六八二——不，六八八二妹，那里还行呢！以前已经很勉强了，现今又添了两斤肉，和些什么，实是再也吃不下，只好拼出治罪罢了。"

"是呵，我怕的是吃土豆，每天吃这个，心里很腻的，但是又怎么好不吃呢。"

"有一回，还是只发一斤米的时候，规定凡六十岁以上的人应

该安坐，无故不得直立，以示优待。我坐得不耐烦了，暂时立起，恰巧被稽查看见了，拉到平等厅去判了三天的禁锢。"

"那么，你今天怎么能够走出来的呢？"

"我有执照在这里呢。这是从行坐统一局里领来的，许可一日间不必遵照安坐条律办理。"

我听了这些莫名其妙的话，心想上前去打听一个仔细，那老人却已经看见了我，慌忙走来，向我的背上一看，叫道，

"爱克司兄，你为什么还没有注册呢？"

我不知道什么要注册，刚待反问的时候，突然有人在耳边叫道，

"干么不注册！"一个大汉手中拿着一张名片，上面写道"姓名统一局长一二三"，正立在我的面前。我大吃一惊，回过身来撒腿便跑，不到一刻便跑的很远了。

二　长毛

我站在故乡老屋的小院子里。院子的地是用长方的石板铺成的；坐北朝南是两间"蓝门"的屋，子京叔公常常在这里抄《子史辑要》，——也在这里发疯；西首一间侧屋，屋后是杨家的园，长着许多淡竹和一棵棕榈。

这是"长毛时候"。大家都已逃走了，但我却并不逃，只是立在

蓝门前面的小院子里，腰间仿佛挂着一把很长的长剑。当初以为只有自己一个人，随后却见在院子里还有一个别人，便是在我们家里做过长年的得法，——或者叫做得寿也未可知。他同平常夏天一样，赤着身子，只穿了一条短裤，那猪八戒似的脸微微向下。我不曾问他，他也不说什么，只是忧郁的却很从容自在的站着。

大约是下午六七点钟的光景。他并不抬起头来，只喃喃的说道，

"来了。"

我也觉得似乎来了，便见一个长毛走进来了。所谓长毛是怎样的人我并不看见，不过直觉他是个长毛，大约是一个穿短衣而拿一把板刀的人。这时候，我不自觉的已经在侧屋里边了；从花墙后望出去，却见得法（或得寿）已经恭恭敬敬的跪在地上，反背着手，专等着长毛去杀他。以后的景致有点模糊了，仿佛是影戏的中断了一下，推想起来似乎是我赶出去，把长毛杀了。得法听得噗通的一颗头落地的声音，慢慢的抬起头来一看，才知道杀掉的不是自己，却是那个长毛，于是从容的立起，从容的走出去了。在他的迟钝的眼睛里并不表示感谢，也没有什么惊诧，但是因了我的多事，使他多要麻烦，这一种烦厌的神情却很明显的可以看出来了。

五　汤饼会

是大户人家的厅堂里，正在开汤饼会哩。

厅堂两旁，男左女右的坐满了盛装的宾客。中间仿佛是公堂模样，放着一顶公案桌，正面坐着少年夫妻，正是小儿的双亲。案旁有十六个人分作两班相对站着，衣冠整肃，状貌威严，胸前各挂一条黄绸，上写两个大字道，"证人"。左边上首的一个人从桌上拿起一张文凭似的金边的白纸，高声念道，

"维一四天下，南瞻部洲，礼义之邦，摩诃莩罗利达国，大道德主某家降生男子某者，本属游魂，分为异物。披萝带荔，足御风寒；饮露餐霞，无须烟火。友螽蛄而长啸，赏心无异于闻歌；附萤火以夜游，行乐岂殊于秉烛。幽冥幸福，亦云至矣。尔乃罔知满足，肆意贪求：却夜台之幽静而慕尘世之纷纭，舍金刚之永生而就石火之暂寄。即此颛愚，已足怜悯；况复缘兹一念，祸及无辜，累尔双亲，铸成大错，岂不更堪叹恨哉。原夫大道德主某者，华年月貌，群称神仙中人，而古井秋霜，实受圣贤之戒：以故双飞蛱蝶，既未足喻其和谐，一片冰心，亦未能比其高洁也。乃缘某刻意受生，妄肆蛊惑，以致清芬犹在，白莲已失其花光，绿叶已繁，红杏倏成为母树。十月之危惧，三年之苦辛；一身濒于死亡，百乐悉以捐弃。所牺牲者既大，所耗费者尤多：就傅取妻，饮食衣被，初无储积，而擅自取携；猥云人子，实唯马蛭，言念及此，能不慨然。呜呼，使生汝而为父母之意

志,则尔应感罔极之恩;使生汝而非父母之意志,则尔应负弥天之罪矣。今尔知恩乎,尔知罪乎? 尔知罪矣,则当自觉悟,勉图报称,冀能忏除无尽之罪于万一。尔应自知,自尔受生以至复归夜台,尽此一生,尔实为父母之所有,以尔为父母之罪人,即为父母之俘囚,此尔应得之罪也。尔其谨守下方之律令,勉为孝子,余等实有厚望焉。

计开

一、承认子女降生纯系个人意志,应由自己负完全责任,与父母无涉。

二、承认子女对于父母应负完全责任,并赔偿损失。

三、准第二条,承认子女为父母之所有物。

四、承认父母对于子女可以自由处置:

　　甲、随意处刑。

　　乙、随时变卖或赠与。

　　丙、制造成谬种及低能者。

五、承认本人之妻子等附属物间接为父母的所有物。

六、以感谢与满足承认上列律令。”

那人将这篇桐选合璧的文章念了,接着便是年月和那“游魂”——现在已经投胎为小儿了——的名字,于是右边上首的人恭恭敬敬的走下去,捉住抱在乳母怀里的小儿的两手,将他的大拇指捺在印色盒里,再把他们按在纸上署名的下面。以后是那十六个证人各着花押,有一两个写的是“一片中心”和“一本万利”的符咒似的文字,其余大半只押一个十字,也有画圆圈的,却画得很圆,并没有什么规角。末一人画圈才了，院子里便惊天动地的放起大小爆竹来，在这声响中间，听得有人大声叫道，"礼——毕！"于是这礼就毕了。

这天晚上，我正看着英国柏忒勒的小说《有何无之乡游记》，或者因此引起我这个妖梦，也未可知。

六　初恋

那时我十四岁，她大约是十三岁罢。我跟着祖父的姜宋姨太太寄寓在杭州的花牌楼，间壁住着一家姚姓，她便是那家的女儿。她本姓杨，住在清波门头，大约因为行三，人家都称她作三姑娘。姚家老夫妇没有子女，便认她做干女儿，一个月里有二十多天住在他们家里，宋姨太太和远邻的羊肉店石家的媳妇虽然很说得来，与姚宅的老妇却感情很坏，彼此都不交口，但是三姑娘并不管这些事，仍旧推进门来游嬉。她大抵先到楼上去，同宋姨太太搭讪一回，随后走下楼来，站在我同仆人阮升公用的一张板棹旁边，抱着名叫"三花"的一只大猫，看我映写陆润庠的木刻的字帖。

我不曾和她谈过一句话，也不曾仔细的看过她的面貌与姿态。大约我在那时已经很是近视，但是还有一层缘故，虽然非意识的对于她很是感到亲近，一面却似乎为她的光辉所掩，开不起眼来去端详她了。在此刻回想起来，仿佛是一个尖面庞，乌眼睛，瘦小身材，而且有尖小的脚的少女，并没有什么殊胜的地方，但在我的性的生活里总是第一个人，使我于自己以外感到对于别人的爱着，引起我没有明了的性的概念的对于异性的恋慕的第一个人了。

　　我在那时候当然是"丑小鸭"，自己也是知道的，但是终不以此而减灭我的热情。每逢她抱着猫来看我写字，我便不自觉的振作起来，用了平常所无的努力去映写，感着一种无所希求的迷濛的喜乐。并不问她是否爱我，或者也还不知道自己是爱着她，总之对于她的存在感到亲近喜悦，并且愿为她有所尽力，这是当时实在的心情，也是她所给我的赐物了。在她是怎样不能知道，自己的情绪大约只是淡淡的一种恋慕，始终没有想到男女夫妇的问题。有一天晚上，宋姨太太忽然又发表对于姚姓的憎恨，末了说道，

　　"阿三那小东西，也不是好东西，将来总要流落到拱辰桥去做婊子的。"

　　我不很明白做婊子这些是什么事情，但当时听了心里想道，

　　"她如果真是流落做了婊子，我必定去救她出来。"

　　大半年的光阴这样的消费过去了。到了七八月里因为母亲生病，我便离开杭州回家去了。一个月以后，阮升告假回去，顺便到我家里，说起花牌楼的事情，说道，

　　"杨家的三姑娘患霍乱死了。"

　　我那时也很觉得不快，想像她的悲惨的死相，但同时却又似乎很是安静，仿佛心里有一块大石头已经放下了。

十年九月

五十年前之杭州府狱

1896年，即前清光绪二十二年九月，先君去世，我才十二岁。其时祖父以事系杭州府狱，原有姨太太和小儿子随侍，那即是我的叔父，却比我只大得两三岁，这年他决定进学堂从军去，祖父便叫我去补他的缺，我遂于次年的正月到了杭州。我跟了祖父的姨太太住在花牌楼的寓里，这是墙门内一楼一底的房屋，楼上下都用板壁隔开，作为两间，后面有一间披屋，用作厨房，一个小天井中间隔着竹笆，与东邻公分一半。姨太太住在楼上前间，靠窗东首有一张铺床，便是我的安歇处，后间楼梯口住着台州的老妈子。男仆阮元甫在楼下歇宿，他是专门伺候祖父的，一早出门去，给祖父预备早点，随即上市买菜，在狱中小厨房里做好了之后，送一份到寓里来，（寓中只管煮饭，）等祖父吃过了午饭，他便又飘然出去上佑圣观坐茶馆，顺便买些什物，直到傍晚才回去备晚饭，上灯后回寓一径休息，这是他每日的刻板行事。他是一个很漂亮，能干而又很忠实的人，家在浙东海边，只可惜在祖父出狱以后一直不曾再见到他，也没有得到他的消息。

我在杭州的职务是每隔两三日去陪侍祖父一天之外，平日"自己用功"。楼下板桌上固然放着些经书，也有笔墨，三六九还要送什么起讲之类去给祖父批改，但是实在究竟用了些什么功，只有神仙知道，自己只记得看了些闲书，倒还有点意思，有石印《阅微草堂笔记》，小本《淞隐漫录》，一直后来还是不曾忘记。我去看祖父，最初自然是阮元甫带领的，后来认得路径了，就独自前去。走出墙门后往西去，有一条十字街，名叫塔儿头，虽是小街，却很有些店铺，似乎由此处往南，不久就是银元局，此后的道路有点儿麻糊了，但走到杭州府前总之并不远，也不难走。府署当然是朝南的，司狱署在其右首，即是西向。我在杭州住了两年，到那里总去过一百多次，可是这署门大堂的情形如何却都说不清了，只记得监狱部分，入门是一重铁栅门，我推门进去，门内坐着几个禁卒，因为是认识我的，所以什么也不问，我也一直没有打过招呼。拐过一个湾，又是一头普通的门，通常开着，里边是一个小院子，上首朝南大概即是狱神祠，我却未曾去看过，只顾往东边的小门进去，这里面便是祖父所住的小院落了。门内是一条长天井，南边是墙，北边是一排白木圆柱的栅栏，栅栏内有狭长的廊，廊下并排一列开着些木门，这都是一间间的监房。大概一排有四间吧，但那里只有西头一间里祖父住着，隔壁住了一个禁卒，名叫邹玉，是长厚的老头儿，其余的都空着没有住人。房间四壁都用白木圆柱做成，向南一面，上半长短圆柱相间，留出空隙以通风日，用代窗牖，房屋宽可一丈半，深约二丈半，下铺地板，左边三分之二的地面用厚板铺成榻状，很大的一片，以供坐卧之用。祖父房间里的布置是对着门口放了一张板桌和椅子，板台上靠北安置棕棚，上挂蚊帐，旁边放着衣箱。中间板桌对过的地方是几叠的书和零用什物，我的坐处便在这台上书堆与南"窗"之间。这几堆书中我记得有广百宋斋的四史，木板《纲鉴易知录》，五种遗规，《明季南略》《北略》，《明季稗史汇编》，《徐灵胎四种》，其中只有一卷道情可以懂得。我在那里坐上一日，除了偶尔遇见廊下炭炉上炖着的水开了，拿来给祖父冲茶，或是因为加添了我一个人用，便壶早满了，提出去往小天井的尽头倒在地上之外，总是坐着翻翻书看，颠来倒去的就是翻弄那些，只有四史不敢下手罢了。祖父有时也坐下看书，可是总是在室外走动的时候居多，我亦不知道是否在狱神祠中闲坐，总之出去时间很久，大概是在同禁卒们谈笑，或者还同强盗们谈谈，他平常很喜欢骂人，自呆皇帝昏太后（即是光绪和西太后）起头直骂到亲族中的后辈，但是我却不曾听见他骂过强盗或是牢头禁子。他常讲骂人的笑话，大半是他自己编造的，我还记得一则讲教师先生的苦况，云有人问西席，贵东家多有珍宝，先生谅必知其一二，答说我只知道有三件宝贝，是豆腐山一座，吐血鸡一只，能言牛一头。他并没有给富家坐过馆，所以不是自己的经验，这只是替别人不平而已。

　　杭州府狱中强盗等人的生活如何，我没有能看到，所以无可说，只是在室内时常可以听见脚镣声音，得以想像一二而已。有一回，听到很响亮的镣声，又有人高声念佛，向外边出去了。不一会听禁卒们传说，这是台州的大盗，提出去处决，他们知道他的身世，个人性格，大概都了解他，刚才我所听得的这阵声响，似乎也使他们很感到一种伤感或是寂寞，这是一件事实，颇足以证明祖父骂人而不骂强盗或禁卒，虽然有点怪僻，却并不是没有道理了。在这两三年之后，我在故乡一个夏天乘早凉时上大街去，走到古轩亭口，即是后来清政府杀秋瑾女士的地方，店铺未开门，行人也还稀少，我见地上有两个覆卧的人，上边盖着破草席，只露出两双脚——可以想见上边是没有头的，此乃是强盗的脚，在清早处决的。我看这脚的后跟都是皴裂的，是一般老百姓的脚。我这时候就又记起台州大盗的事来。我有一个老友，是专攻伦理学，也就是所谓人生哲学的，他有一句诗云，盗贼渐可亲，上句却已不记得，觉得他的这种心情我可以了解得几分，实在是很可悲的。这所说的盗贼与《水浒传》里的不同，水浒的英雄们都是原来有饭吃的，他们爱搞那一套，乃是他们的事业，小小的做可以占得一个山寨，大大的则可以弄到一座江山，如刘季朱温都是一例。至于小盗贼只是饥寒交迫的老百姓挺而走险，他们搞的不是事业而是生活，结果这条路也走不下去，却被领到"清波门头"，（这是说在杭州的话，）简单的解决了他的生活的困难。清末革命运动中，浙江曾经出了一个奇人，姓陶号焕卿，在民国初为蒋介石所暗杀了。据说他家在乡下本来开着一爿砖瓦铺，可是他专爱读书与运动革命，不会经管店务，连石灰中的梗灰与市灰的区别都不知道。他的父亲便问他说，你搞这什么革命为的是什么呢？他答说，为的要使得个个人有饭吃。他父亲听了这话，便不再叫他管店，由他去流浪做革命运动去了，曾对人家说明道，他要使得个个人都有饭吃，这个我怎么好阻当他。这真是一个革命佳话。我想我的老友一定也有此种感想，只是有点趋于消极，所以我说很可悲的，不过如不消极，那或者于他又可能是有点可危的了。

我写这篇文章，本来很想记录一点事实出来，即使不足与方望溪的大文相比，也总要有点分量才行，及至写到这里，觉得实在空虚得很，说得最好也只写得一点儿空气，叫我自己看了也很失望。不过肚子里没有的东西，任是怎么努力，也还是没有法拿出来的，只能老实停止。从前却写有几首诗，约略讲这一段事情，现在抄在这里，作为充实资料，也算是有诗为证吧。诗题云"花牌楼"，共有三首。

往昔住杭州，吾怀花牌楼。后对狗儿山，茕然一培塿。出门向西行，是曰塔儿头。不记售何物，市肆颇密稠。陋屋仅一楹，寄居历两秋。夜上楼头卧，壁虱满墙陬。饱饲可免疫，日久不知愁。楼下临窗读，北风冷飕飕。夏日日苦长，饥肠转不休。潜行入厨下，饭块恣意偷。主妇故疑问，莫是猫儿不。明日还如此，笑骂尽自由。饿死事非小，嗟来何足羞。冷饭有至味，舌本至今留。五十年前事，思之多烦忧。

素衣出门去，踽踽何所之。行过银圆局，乃至司狱司。狱吏各相识，出入无言词。径至祖父室，起居呈文诗。主人或不在，闲行狱神祠。或与狱卒语，母鸡孵几儿。温语教写读，野史任繙披。十日二三去，朝出而暮归。荏苒至除夕，侍食归去迟。灯下才食毕，会值收封时。再拜别祖父，径出圆木扉。夜过塔儿头，举目情凄而。登楼倚床坐，情景与昔违。暗淡灯光里，遂与一岁辞。

我怀花牌楼，难忘诸妇女。主妇有好友，东邻石家妇。自言嫁山家，会逢老姑怒。强分连理枝，卖与宁波贾。后夫幸见怜，前夫情难负。生作活切头，无人知此苦。（民间称妇人再醮者为二婚头，若有夫尚存在者，俗称活切头。）佣妇有宋媪，一再丧其侣。最后从轿夫，肩头肉成阜。数月一来见，呐呐语不吐。但言生意薄，各不能相顾。隔壁姚氏妪，土著操杭语。老年苦孤独，瘦影行踽踽。留得干女儿，盈盈十四五。家住清波门，随意自来去。天时入夏秋，恶疾猛如虎。（霍乱，今讹称虎列拉。）婉娈杨三姑，一日归黄土。主妇生北平，髫年侍祖父。嫁得穷京官，庶几尚得所。应是命不犹，适值暴风雨。中年终下堂，漂泊不知处。人生良大难，到处闻凄楚。不暇哀前人，但为后人惧。

苏州的回忆

　　说是回忆，仿佛是与苏州有很深的关系，至少也总住过十年以上的样子，可是事实上却并不然。民国七八年间坐火车走过苏州，共有四次，都不曾下车，所看见的只是车站内的情形而已。去年四月因事往南京，始得顺便至苏州一游，也只有两天的停留，没有走到多少地方，所以见闻很是有限。当时江苏日报社有郭梦鸥先生以外几位陪着我们走，在那两天的报上随时都有很好的报道，后来郭先生又有一篇文章，登在第三期的《风雨谈》上，此外实在觉得更没有什么可以纪录的了。但是，从北京远迢迢地往苏州走一趟，现在也不是容易事，其时又承本地各位先生恳切招待，别转头来走开之后，再不打一声招呼，似乎也有点对不起。现在事已隔年，印象与感想都渐就着落，虽然比较地简单化了，却也可以稍得要领，记一点出来，聊以表示对于苏州的恭敬之意，至于旅人的话，谬误难免，这是要请大家见恕的了。

　　我旅行过的地方很少，有些只根据书上的图像，总之我看见各地方的市街与房屋，常引起一个联想，觉得东方的世界是整个的。譬如中国、日本、朝鲜、琉球，各地方的家屋，单就照片上看也罢，便会确凿地感到这里是整个的东亚。我们再看乌鲁木齐、宁古塔、昆明各地方，又同样的感觉这里的中国也是整个的。可是在这整个之中别有其微妙的变化与推移，看起来亦是很有趣味的事。以前我从北京回绍兴去，浦口下车渡过长江，就的确觉得已经到了南边，及车抵苏州站，看见月台上车厢里的人物声色，便又仿佛已入故乡境内，虽然实在还有五六百里的距离。现在通称江浙，有如古时所谓吴越或吴会，本来就是一家，杜荀鹤有几首诗说得很好，其一《送人游吴》云：

君到姑苏见，人家尽枕河。古宫闲地少，水港小桥多。夜市卖菱藕，春船载绮罗。遥知未眠月，乡思在渔歌。

又一首《送友游吴越》云：

去越从吴过，吴疆与越连。有园多种橘，无水不生莲。夜市桥边火，春风寺外船。此中偏重客，君去必经年。

诗固然做的好，所写事情也正确实，能写出两地相同的情景。我到苏州第一感觉的也是这一点，其实即是证实我原有的漠然的印象罢了。我们下车后，就被招待游灵岩去，先到木渎在石家饭店吃过中饭。从车站到灵岩，第二天又出城到虎丘，这都是路上风景好，比目的地还有意思，正与游兰亭的人是同一经验。我特别感觉有趣味的，乃是在木渎下了汽车，走过两条街往石家饭店去时，看见那里的小河，小船，石桥，两岸枕河的人家，觉得和绍兴一样，这是江南的寻常景色，在我江东的人看了也同样的亲近，恍如身在故乡了。又在小街上见到一片糕店，这在家乡极是平常，但北方绝无这些糕类，好些年前曾在《卖糖》这一篇小文中附带说及，很表现出一种乡愁来，现在却忽然遇见，怎能不感到喜悦呢。只可惜匆匆走过，未及细看这柜台上蒸笼里所放着的是什么糕点，自然更不能够买了来尝了。不过就只是这样看一眼走过了，也已很是愉快，后来不久在城里几处地方，虽然不是这店里所做，好的糕饼也吃到好些，可以算是满意了。

　　第二天往马医科巷，据说这地名本来是蚂蚁窠巷，后为转讹，并不真是有过马医牛医住在那里，去拜访俞曲园先生的春在堂。南方式的厅堂结构原与北方不同，我在曲园前面的堂屋里徘徊良久之后，再往南去看俞先生著书的两间小屋，那时所见这些过廊，侧门，天井种种，都恍忽是曾经见过似的，又流连了一会儿。我对同行的友人说，平伯有这样好的老屋在此，何必留滞北方，我回去应当劝他南归才对。说的虽是半玩半笑的话，我的意思却是完全诚实的，只是没有为平伯打算罢了，那所大房子就是不加修理，只说点灯，装电灯固然了不得，石油没有，植物油又太贵，都无办法，故即欲为点一盏读书灯计，亦自只好仍旧蛰居于北京之古槐书屋矣。我又去拜谒章太炎先生墓，这是在锦帆路章宅的后园里，情形如郭先生文中所记，兹不重述。章宅现由省政府宣传处明处长借住，我们进去稍坐，是一座洋式的楼房，后边讲学的地方云为外国人所占用，尚未能收回，因此我们也不能进去一看，殊属遗憾。俞章两先生是清末民初的国学大师，却都别有一种特色，俞先生以经师而留心轻文学，为新文学运动之先河，章先生以儒家而兼治佛学，倡导革命，又承先启后，对于中国之学术与政治的改革至有影响，但是在晚年却又不约而同的定住苏州，这可以说是非偶然的偶然，我觉得这里很有意义，也很有意思。俞章两先生是浙西人，对于吴地很有情分，也可以算是一小部分的理由，但其重要的原因还当别有所在。由我看去，南京、上海、杭州，均各有其价值与历史，唯若欲求多有文化的空气与环境者，大约无过苏州了吧。两先生的意思或者看重这一点，也未可定。现在南京有中央大学，杭州也有浙江大学了，我以为在苏州应当有一个江苏大学，顺应其环境与空气，特别向人文科学方面发展，完成两先生之宏业大愿，为东南文化确立其根基，此亦正是丧乱中之一切要事也。

在苏州的两个早晨过得很好，都有好东西吃，虽然这说的似乎有点俗，但是事实如此，而且谈起苏州，假如不讲到这一点，我想终不免是一个罅漏。若问好东西是什么，其实我是乡下粗人，只知道是糕饼点心，到口便吞，并不曾细问种种的名号。我只记得乱吃得很不少，当初《江苏日报》或是郭先生的大文里仿佛有着记录。我常这样想，一国的历史与文化传得久远了，在生活上总会留下一点痕迹，或是华丽，或是清淡，却无不是精炼的，这并不想要夸耀什么，却是自然应有的表现。我初来北京的时候，因为没有什么好点心，曾经发过牢骚，并非真是这样贪吃，实在也只为觉得他太寒伧，枉做了五百年首都，连一些细点心都做不出，未免丢人罢了。我们第一早晨在吴苑，次日在新亚，所吃的点心都很好，是我在北京所不曾见过的，后来又托朋友在采芝斋买些干点心，预备带回去给小孩辈吃，物事不必珍贵，但也很是精炼的，这尽够使我满意而且佩服，即此亦可见苏州生活文化之一斑了。这里我特别感觉有趣味的，乃是吴苑茶社所见的情形。茶食精洁，布置简易，没有洋派气味，固已很好，而吃茶的人那么多，有的像是祖母老太太，带领家人妇子，围着方桌，悠悠的享用，看了很有意思。性急的人要说，在战时这种态度行么？我想，此刻现在，这里的人这么做是并没有什么错的。大抵中国人多受孟子思想的影响，他的态度不会得一时急变，若是因战时而面粉白糖渐渐不见了，被迫得没有点心吃，出于被动的事那是可能的。总之在苏州，至少是那时候，见了物资充裕，生活安适，由我们看惯了北方困穷的情形的人看去，实在是值得称赞与羡慕。我在苏州感觉得不很适意的也有一件事，这便是住处。据说苏州旅馆绝不容易找，我们承公家的斡旋得能在乐乡饭店住下，已经大可感谢了，可是老实说，实在不大高明。设备如何都没有关系，就只苦于太热闹，那时我听见打牌声，幸而并不在贴夹壁，更幸而没有拉胡琴唱曲的，否则次日往虎丘去时马车也将坐不稳了。就是像沧浪亭的旧房子也好，打扫几间，让不爱热闹的人可以借住，一面也省得去占忙的房间，妨碍人家的娱乐，倒正是一举两得的事吧。

　　在苏州只住了两天，离开苏州已将一年了，但是有些事情还清楚的记得，现在写出来几项以为纪念，希望将来还有机缘再去，或者长住些时光，对于吴语文学的发源地更加以观察与认识也。

民国甲申三月八日

怀 旧

读了郝秋圃君的杂感《听一位华侨谈话》，不禁引起我的怀旧之思。我的感想并不是关于侨民与海军的大问题的，只是对于那个南京海军鱼雷枪炮学校的前身，略有一点回忆罢了。

海军鱼雷枪炮学校大约是以前的《封神传》式的"雷电学校"的改称，但是我在那里的时候，还叫作"江南水师学堂"，这已是二十年前的事情了。那时鱼雷刚才停办，由驾驶管轮的学生兼习，不过大家都不用心，所以我现在除了什么"白头鱼雷"等几个名词以外，差不多忘记完了。

旧日的师长里很有不能忘记的人，我是极表尊敬的，但是不便发表，只把同学的有名人物数一数罢。勋四位的杜锡珪君要算是最阔了，说来惭愧，他是我进校的那一年毕业的，所以终于"无缘识荆"。同校三年，比我们早一班毕业的里边，有中将戈克安君是有名的，又倘若友人所说不误，现任的南京海军……学校校长也是这一班的前辈了。江西派的诗人胡诗庐君与杜君是同年，只因他是管轮班，所以我还得见过他的诗稿，而于我的同班呢，还未曾出过如此有名的人物，而且又多未便发表，只好提出一两个故人来说说了。第一个是赵伯先君，第二个是俞榆孙君。伯先随后改入陆师学堂，死于革命运动；榆孙也改入京师医学馆，去年死于防疫。这两个朋友恰巧先后都住在管轮堂第一号，便时常联带的想起。那时刘声元君也在那里学鱼雷，住在第二号，每日同俞君角力，这个情形还宛在目前。

学校的西北角是鱼雷堂旧址，旁边朝南有三间屋曰关帝庙，据说原来是游泳池，因为溺死过两个小的学生，总办命令把它填平，改建关帝庙，用以镇压不祥。庙里住着一个更夫，约有六十多岁，自称是个都司，每日三次往管轮堂的茶炉去取开水，经过我的铁格窗外，必定和我点头招呼，（和人家自然也是一样，）有时拿了自养的一只母鸡所生的鸡蛋来兜售，小洋一角买十六个。他很喜欢和别人谈长毛时事，他的都司大约就在那时得来，可惜我当时不知道这些谈话的价值，不大愿意同他去谈，到了现在回想起来，实在觉得可惜了。

关帝庙之东有几排洋房，便是鱼雷厂机器厂等，再往南去是驾驶堂的号舍。鱼雷厂上午八时开门，中午休息，下午至四五时关门。厂门里边两旁放着几个红色油漆的水雷，这个庞大笨重的印象至今还留在脑里。看去似乎是有了年纪的东西，但新式的是怎么样子，我在那里终于没见过。厂里有许多工匠，每天在那里磨擦鱼雷，我听见教师说，鱼雷的作用全靠着磷铜缸的气压，所以看着他们磨擦，心想这样的擦去，不要把铜渐渐擦薄了么，不禁代为着急。不知现在已否买添，还是仍旧磨擦着那几个原有的呢？郝君杂感中云，"军火重地，严守秘密……唯鱼雷及机器场始终未参观，"与我旧有的印象截然不同，不禁使我发生了极大的今昔之感了。

水师学堂是我在本国学过的唯一的学校，所以回想与怀恋很多，一时写说不尽，现在只略举一二，记念二十年前我们在校时的自由宽懈的日子而已。

十一年八月

〔附录〕

十五年前的回忆（汪仲贤）

在《晨报副刊》上看见仲密先生谈江南水师学堂的事，不禁令我想起十五年前的学校生活。

仲密先生的话，大概离开现在有二十年了。他是我的老前辈，是没有见过面的同学。我与他不同的是他住在"管轮堂"，我住在"驾驶堂"。

我们在那校舍很狭小的上海私立学堂内读惯了书，刚进水师学堂觉得有许多东西看不顺眼。比我们上一辈的同学，每人占着一个大房间，里面挂了许多单条字画，桌上陈设了许多花瓶自鸣钟等东西，我们上海去的学生都称他们为"新婚式的房间"。

我们在上海私立学堂念书的时候，学生与教师之间，不分什么阶级，学生有了意见尽可以向教师发表。岂知这样舒服惯了，到了官立学校里去竟大上其当。我们这班学生是在上海考插班进去的，入学试验，数学曾考过诸等命分；谁知进了学堂，第一天上课时，那教员反来教我们1234十个亚喇伯数母。一连教了三天还没教完，我忍不住了，对那教员说了一句："我们早已学过这些东西了，何必再来糟踏光阴呢？"这一句话，触怒了那位教师，立刻板起面孔将我大骂一顿，并说"你敢这样挺撞我，明天禀了总办，将你开除！"我怕他真的开除我，吓得我立刻回房卷了铺盖逃回上海。两个月后，同学写信告诉我，那教员已被辞退了，我才敢回进去读书。

还有一位教汉文的老夫子告诉我们说："地球有两个，一个自动，一个被动，一个叫东半球，一个叫西半球。"那时我因为怕开除，已不敢和他辩驳了。

我们住的房间门口的门槛，都踏成笔架山形，地板上都有像麻子般的焦点。二者都是老前辈在学堂留下的生活遗迹。

校中驾驶堂与管轮堂的同学隔膜得很厉害，平常不很通往来。我在校中四年多，管轮堂里只去过不满十次。据深悉水师学堂历史的人说，从前二堂的学生互相仇视，时常有决斗的事情发生。有一次最大的械斗，是借风雨操场和桅杆网边做战场，双方都殴伤了许多学生。学堂总办无法阻止，只对学生叹了几口气。不知仲密先生在学堂里的时候，可经过这件事吗？

我们驾驶堂的长方院子里，有四座砖砌的花台，每座台上有一株腊梅。我们看见腊梅花开放，就知道要预备年考了。考毕回家，腊梅花正开得茂盛的时候，明年到校上课，还可以闻得几天残香。这四株腊梅的香色，却只有驾驶堂的学生可以领略，住在管轮堂的同学是没有权利享的了。

在学堂里每日上下午上两大课，只有上午十点钟的时候得十分钟的休息。早晨吃了两三大碗稀饭，到十点钟下课，往往肚里饿得咕噜噜地叫；命听差到学堂门口买两个铜元山东烧饼，一个铜元麻油辣椒和醋，用烧饼蘸着吃，吃得又香又辣又酸又点饥，真比山珍海味还鲜。后来出了学堂，便没有机会尝这美味了。

仲密先生说的老更夫，我还看见的。他仍旧很康健，仍爱与人谈长毛故事。有几个小同学因他深夜里在关帝庙出入打更，很佩服他的胆子大，常向他打听"可见过鬼吗？"他说生平只有一次在饭厅傍边看见过一个黑影。他又说见怪不怪，其怪自退，所以他打更不怕鬼。我因为住的房间是在驾驶堂的东九号，窗外没有走廊，他也不常走进驾驶堂，所以我不能天天看见他，我对于他的感情也没有仲密先生与他的深。

我自幼生长在都市里，到了南京看见学堂后面的一带小山便十分欢喜；每逢生活烦闷的时候，便托故请了假独自到小山去闲逛。高兴的时候，可以越山过岭一直走到清凉山才回来。有一次我也是一个人，跑到一个小山顶上的栗子树林下睡着了一大觉，及至醒后下山，看见一处，白墙上贴着一张"警告行人"的招贴，说是本段山内近来出了一只大狼，时常白昼出来伤人……我看罢惊得一身冷汗，以后就不敢独自入山了。

我们临出学堂的时候，曾到鱼雷堂里去抄了三星期的讲义。我们身边陈列着几个真的鱼雷，手里写的许多Torpedo字样；但是教师与学生不发一言，手里写的和座位边陈列的究竟有什么关系，老实说我至今还是一点不明白。仲密先生现在还记得"白头鱼雷"等名词，足见老前辈比我们高明得多了，因为我一向就不知道白头鱼雷是什么！

"你是海军出身的人，跳在黄浦江里总不会淹死了吧？"我听得这种问，最是头疼。没有法子，我只得用以下两种话答复他们："吃报馆饭的未必人人都会排字，吃唱戏饭的梅兰芳未必会打真刀真枪。"南京水师出身的学生不会泅水，大概是受那位淹死在游泳池里小老前辈的影响罢。

录《时事新报·青光》

（1922年8月24日刊于《晨报副镌》，署名仲密）

怀旧之二

在《青光》上见到仲贤先生的《十五年前的回忆》，想起在江南水师学堂时的一二旧事，与仲贤先生所说的略有相关，便又记了出来，作这一篇《怀旧之二》。

我们在校的时候，管轮堂及驾驶堂的学生虽然很是隔膜，却还不至于互相仇视，不过因为驾驶毕业的可以做到"船主"，而管轮的前程至大也只是一个"大伟"，终于是船主的下属，所以驾驶学生的身分似乎要高傲一点了。班次的阶级，便是头班和二班或副额的关系，却更要不平，这种实例很多，现在略举一二。学生房内的用具，照例向学堂领用，但二班以下只准用一顶桌子，头班却可以占用两顶以上，陈设着仲贤先生说的那些"花瓶自鸣钟"，我的一个朋友W君同头班的C君同住，后来他迁往别的号舍，把自己固有的桌子以外又搬去C君的三顶之一。C君勃然大怒，骂道，"你们即使讲革命，也不能革到这个地步。"过了几天，C君的好友K君向着W君寻衅，说"我便打你们这些康党"，几乎大挥老拳：大家都知道是桌子风潮的余波。

头班在饭厅的坐位都有一定，每桌至多不过六人，都是同班至好或是低级里附和他们的小友，从容谈笑的吃着，不必抢夺吞咽。

阶级低的学生便不能这样的舒服，他们一听吃饭的号声，便须直奔向饭厅里去，在非头班所占据的桌上见到一个空位，赶紧坐下，这一餐的饭才算安稳到手了。在这大众奔窜之中，头班却比平常更从容的，张开两只臂膊，像螃蟹似的，在雁木形的过廊中央，大摇大摆的踱方步。走在他后面的人，不敢僭越，只能也跟着他踱，到得饭厅，急忙的各处乱钻，好像是晚上寻不着窠的鸡，好容易找到位置，一碗雪里蕻上面的几片肥肉也早已不见，只好吃一顿素饭罢了。我们几个人不佩服这个阶级制度，往往从他的臂膊间挤过，冲向前去，这一件事或者也就是革命党的一个证据罢。

仲贤先生的回忆中，最令我注意的是那山上的一只大狼，因为正同老更夫一样，他也是我的老相识。我们在校时，每到晚饭后常往后山上去游玩，但是因为山坳里的农家有许多狗，时以恶声相向，所以我们习惯都拿一枝棒出去。一天的傍晚我同友人L君出了学堂，向着半山的一座古庙走去，这是同学常来借了房间又麻雀的地方。我们沿着同校舍平行的一条小路前进，两旁都生着稻麦之类，有三四尺高。走到一处十字叉口，我们看见左边横路旁伏着一只大狗，照例挥起我们的棒，他便窜去麦田里不见了。我们走了一程，到了第二个十字叉口，却又见这只狗从麦丛里露出半个身子，随即窜向前面的田里去了。我们觉得他的行为有点古怪，又看见他的尾巴似乎异常，猜想他不是寻常的狗，于是便把这一天的散步中止了。后来同学中也还有人遇见过他，因为手里有棒，大抵是他先回避了。原来过了五六年之后他还在那里，而且居然"白昼伤人"起来了。

不知道他现今还健在否？很想得到机会，去向现在南京海军鱼雷枪炮学校的同学打听一声。

十天以前写了一篇，从邮局寄给报社，不知怎的中途失落了，现在重新写过，却没有先前的兴致，只能把文中的大意记录出来罢了。

十一年九月

（1922年9月27日刊于《晨报副镌》，署名仲密）

怀东京

　　我写下这个题目，便想起谷崎润一郎在《摄阳随笔》里的那一篇《忆东京》来。已有了谷崎氏的那篇文章，别人实在只该阁笔了，不佞何必明知故犯的来班门弄斧呢。但是，这里有一点不同。谷崎氏所忆的是故乡的东京，有如父师对于子弟期望很深，不免反多责备，虽然溺爱不明，不知其子之恶者世上自然也多有。谷崎文中云：

　　看了那尾上松之助的电影，实在觉得日本人的戏剧，日本人的面貌都很丑恶，把那种东西津津有味的看着的日本人的头脑与趣味也都可疑，自己虽生而为日本人却对于这日本的国土感觉到可厌恶了。

　　从前堀口大学有一首诗云：

　　在生我的国里
　　反成为无家的人了。
　　没有人能知道罢——
　　将故乡看作外国的

我的哀愁。

正因为对于乡国有情，所以至于那么无情似的谴责或怨嗟。我想假如我要写一篇论绍兴的文章，恐怕一定会有好些使得乡友看了皱眉的话，不见得会说错，就只是严刻，其实这一点却正是我所有对于故乡的真正情愫。对于故乡，对于祖国，我觉得不能用今天天气哈哈哈的态度。若是外国，当然应当客气一点才行，虽然无须瞎恭维，也总不必求全责备，以至吹毛求疵罢。这有如别人家的子弟，只看他清秀明慧处予以赏识，便了吾事。世间一般难得如此，常有为了小儿女玩要要相骂，弄得两家妈妈扭打，都滚到泥水里去，如小报上所载，又有"白面客"到瘾发时偷街坊的小孩送往箕子所开的"白面房子"里押钱，也是时常听说的事，（门口的电灯电线，铜把手，信箱铜牌，被该客借去的事尤其多了，寒家也曾经验，至今门口无灯也。）所以对于别国也有断乎不客气者，不过这些我们何必去学乎。

我曾说过东京是我第二故乡，但是他究竟是人家的国土，那么我的态度自然不能与我对绍兴相同，亦即是与谷崎氏对东京相异，我的文章也就是别一种的东西了。我的东京的怀念差不多即是对于日本的一切观察的基本，因为除了东京之外我不知道日本的生活，文学美术中最感兴趣的也是东京前身的江户时代之一部分。民族精神虽说是整个的，古今异时，变化势所难免，我们无论怎么看重唐代文化的平安时代，但是在经过了室町江户时代而来的现代生活里住着，如不是专门学者，要去完全了解他是很不容易的事，正如中国讲文化总推汉唐，而我们现在的生活大抵是宋以来这一统系的，虽然有时对于一二模范的士大夫如李白韩愈还不难懂得，若是想了解有社会背景的全般文艺的空气，那就很有点困难了。要谈日本把全空间时间的都包括在内，实在没有这种大本领，我只谈谈自己所感到的关于东京的一二点，这原是身边琐事，个人偶感，但他足以表示我知道日本之范围之小与程度之浅，未始不是有意思的事情。

我在东京只继续住过六年，但是我爱好那个地方，有第二故乡之感。在南京我也曾住过同样的年数，学校内外有过好些风波，纪念也很不浅，我对于他只是同杭州仿佛，没有忘不了或时常想起的事。北京我是喜欢的，现在还住着，这是别一回事，且不必谈。辛亥年秋天从东京归国，住在距禹迹寺季彭山故里沈园遗址都不过一箭之遥的老屋里，觉得非常寂寞，时时回忆在东京的学生生活，胜于家居吃老米饭。曾写一篇拟古文，追记一年前与妻及妻弟往尾久川钓鱼，至田端遇雨，坐公共马车（囚车似的）回本乡的事，颇感慨系之。这是什么缘故呢？东京的气候不比北京好，地震失火一直还是大威胁，山水名胜也无余力游玩，官费生的景况是可想而知的，自然更说不到娱乐。我就喜欢在东京的日本生活，即日本旧式的衣食住。此外是买新书旧书的快乐，在日本桥神田本乡一带的洋书和书新旧各店，杂志摊，夜店，日夜巡阅，不知疲倦，这是许多人都喜欢的，不必要我来再多说明。回到故乡，这种快乐是没有了，北京虽有市场里书摊，但情趣很不相同，有些朋友完全放弃了新的方面，回过头来钻到琉璃厂的古书堆中去，虽然似乎转变得急，又要多花钱，不过这也是难怪的，因为在北平实在只有古书还可买，假如人有买书的瘾，回国以后还未能干净戒绝的话。

去年六月我写《日本管窥之二》，关于日本的衣食住稍有说明。我对于一部分的日本生活感到爱着，原因在于个人的性分与习惯，文中曾云：

"我是生长于东南水乡的人，那里民生寒苦，冬天屋内没有火气，冷风可以直吹进被窝来，吃的通年不是很咸的腌菜也是很咸的腌鱼，有了这种训练去过东京的下宿生活，自然是不会不合适的。"还有第二的原因，可以说是思古之幽情。文中云：

"我那时又是民族革命的一信徒，凡民族主义必含有复古思想在里边，我们反对清朝，觉得清以前或元以前的差不多都好，何况更早的东西。"为了这个理由我们觉得和服也很可以穿，若袍子马褂在民国以前都作胡服看待，在东京穿这种衣服即是奴隶的表示，弘文书院照片里（里边也有黄轸胡衍鸿）前排靠边有杨皙子的袍子马褂在焉，这在当时大家是很为骇然的。我们不喜欢被称为清国留学生，寄信时必写支那，因为认定这摩诃脂那，至那以至支那皆是印度对中国的美称，又《佛尔雅》八，《释木第十二》云："桃曰至那你，汉持来也。"觉得很有意思，因此对于支那的名称一点都没有反感，至于现时那可怜的三上老头子要替中国正名曰支那，这是着了法西斯的闷香，神识昏迷了，是另外一件笑话。关于食物我曾说道：

"吾乡穷苦，人民努力吃三顿饭，唯以腌菜臭豆腐螺蛳当菜，故不怕咸与臭，亦不嗜油若命，到日本去吃无论什么都不大成问题。

有些东西可以与故乡的什么相比，有些又即是中国某处的什么，这样一想也很有意思。如味噌汁与干菜汤，金山寺味噌与豆板酱，福神渍与酱咯哒，（咯哒犹骨朵，此言酱大头菜也。）牛蒡独活与芦笋，盐鲑与勒鲞，皆相似的食物也。又如大德寺纳豆即咸豆豉，泽庵渍即福建的黄土萝卜，蒟蒻即四川的黑豆腐，刺身（sashimi）即广东的鱼生，寿司（sushi）即古昔的鱼鲊，其制法见于《齐民要术》，此其间又含有文化交通的历史，不但可吃，也更可思索。家庭宴集自较丰盛，但其清淡则如故，亦仍以菜蔬鱼介为主，鸡豚在所不废，唯多用其瘦者，故亦不油腻也。"谷崎氏文章中很批评东京的食物，他举出鲫鱼的雀烧（小鲫鱼破背煮酥，色黑，形如飞雀，故名。）与叠鳎（小鱼晒干，实非沙丁鱼也。）来做代表，以为显出脆薄，贫弱，寒乞相，毫无腴润丰盛的气象，这是东京人的缺点，其影响于现今以东京为中心的文学美术之产生者甚大。他所说的话自然也有一理，但是我觉得这些食物之有意思也就是这地方，换句话可以说是清淡质素，他没有富家厨房的多油多团粉，其用盐与清汤处却与吾乡寻常民家相近，在我个人是很以为好的。假如有人请吃酒，无论鱼翅燕窝以至熊掌我都会吃，正如大葱卵蒜我也会吃一样，但没得吃时决不想吃或看了人家吃便害馋，我所想吃的如奢侈一点还是白鲞汤一类，其次是鳖（乡俗读若米）鱼鲞汤，还有一种用挤了虾仁的大虾壳，砸碎了的鞭笋的不能吃的"老头"，（老头者近根的硬的部分，如甘蔗老头等。）再加干菜而蒸成的不知名叫什么的汤，这实在是寒乞相极了，但越人喝得滋滋有味，而其有味也就在这寒乞即清淡质素之中，殆可勉强称之曰俳味也。

日本房屋我也颇喜欢，其原因与食物同样的在于他的质素。我在《管窥之二》中说过：

"我喜欢的还是那房子的适用，特别便于简易生活。"下文又云：

"四席半一室面积才八十一方尺，比维摩斗室还小十分之二，四壁萧然，下宿只供给一副茶具，自己买一张小几放在窗下，再有两三个坐褥，便可安住。坐在几前读书写字，前后左右皆有空地，都可安放书卷纸张，等于一大书桌，客来遍地可坐，容六七人不算拥挤，倦时随便卧倒，不必另备沙发，深夜从壁厨取被摊开，又便即正式睡觉了。昔时常见日本学生移居，车上载行李只铺盖衣包小几或加书箱，自己手提玻璃洋油灯在车后走而已。中国公寓住室总在方丈以上，而板床桌椅箱架之外无多余地，令人感到局促，无安闲之趣。大抵中国房屋与西洋的相同，都是宜于华丽而不宜于简陋，一间房子造成，还是行百里者半九十，非是有相当的器具陈设不能算完成，日本则土木功毕，铺席糊窗，即可居住，别无一点不足，而且还觉得清疏有致。从前在日本旅行，在吉松高锅等山村住宿，坐在旅馆的朴素的一室内凭窗看山，或着浴衣躺席上，要一壶茶来吃，这比向来住过的好些洋式中国式的旅舍都要觉得舒服，简单而省费。"从别方面来说，他缺少阔大。如谷崎润一郎以为如此纸屋中不会发生伟大的思想，萩原朔太郎以为不能得到圆满的恋爱生活，永井荷风说木造纸糊的家屋里适应的美术其形不可不小，其质不可不轻，与钢琴油画大理石雕刻这些东西不能相容。这恐怕都是说得对的，但是有什么办法呢。事实是如此，日本人纵使如田口卯吉所说日日戴大礼帽，反正不会变成白人，用洋灰造了文化住宅，其趣味亦未必遂胜于四席半，若不佞者不幸生于远东，环境有相似处，不免引起同感，这原只是个人爱好，若其价值是非那自可有种种说法，并不敢一句断定也。

日本生活里的有些习俗我也喜欢，如清洁，有礼，洒脱。洒脱与有礼这两件事一看似乎有点冲突，其实却并不然。洒脱不是粗暴无礼，他只是没有宗教与道学的伪善，没有从淫逸发生出来的假正经。最明显的例是对于裸体的态度。蔼理斯在论《圣芳济及其他》（St. Francis and others）文中有云：

"希腊人曾将不喜裸体这件事看作波斯人及其他夷人的一种特性，日本人——别一时代与风土的希腊人——也并不想到避忌裸体，直到那西方夷人的淫逸的怕羞的眼告诉了他们。我们中间至今还觉得这是可嫌恶的，即使单露出脚来。"他在小注中引了时事来证明，如不列颠博物院阅览室不准穿镂空皮鞋的进去，又如女伶光腿登台，致被检察，结果是谢罪于公众，并罚一巨款云。日本现今虽然也在竭力模仿文明，有时候不许小说里亲嘴太多，或者要叫石像穿裙子，表明官吏的眼也渐渐淫逸而怕羞了，在民间却还不尽然，浴场的裸体群像仍是"司空见惯"，女人的赤足更不足希奇，因为这原是当地的风俗了。中国万事不及英国，只有衣履不整者无进图书馆之权，女人光腿要犯法，这两件事倒是一样，也是很有意思的。不，中国还有缠足，男女都缠，不过女的裹得多一点，缚得小一点，这是英国也没有的，不幸不佞很不喜欢这种出奇的做法，所以反动的总是赞美赤足，想起两足白如霜不着鸦头袜之句，觉得青莲居士毕竟是可人，不管他是何方人氏，只要是我的同志就得了。我常想，世间鞋类里边最美善的要算希腊古代的山大拉（sandala），闲适的是日本的下驮（geta），经济的是中国南方的草鞋，则拖鞋之流不与也。凡此皆取其不隐藏，不装饰，只是任其自然，却亦不至于不适用与不美观。不佞非拜脚狂者，如传说中的辜汤生一类，亦不曾作履物之搜集，本不足与语此道，不过鄙意对于脚或身体的别部分以为解放总当胜于束缚与隐讳，故于希腊日本的良风美俗不能不表示赞美，以为诸夏所不如也。希腊古国恨未及见，日本则幸曾身历，每一出门去，即使别无所得，只见憧憧往来的都是平常人，无一裹足者在内，令人见之愀然不乐，如现今在北平行路每日所经验者，则此事亦已大可喜矣。我前写《天足》一小文，于今已十五年，意见还是仍旧，真真自愧对于这种事情不能去找出一个新看法新解释来也。

上文所说都是个人主观的见解，盖我只从日本生活中去找出与自己性情相关切的东西来，有的是在经验上正面感到亲近者，就取其近似而更有味的，有的又反面觉到嫌恶，如上边的裹足，则取其相反的以为补偿，所以总算起来这些东西很多，却难有十分明确的客观解说。不过我爱好这些总是事实。这都是在东京所遇到，因此对于东京感到怀念，对于以此生活为背景的近代的艺文也感觉有兴趣。永井荷风在《江户艺术论》第一篇《浮世绘之鉴赏》中曾有这一节话道：

"我反省自己是什么呢，我非威耳哈伦（Verhaeren）似的比利时人而是日本人也，生来就和他们的运命及境遇迥异的东洋人也。恋爱的至情不必说了，凡对于异性之性欲的感觉悉视为最大的罪恶，我辈即奉戴此法制者也。承受'胜不过啼哭的小孩和地主'的教训的人类也，知道'说话则唇寒'的国民也。使威耳哈伦感奋的那滴着鲜血的肥羊肉和芳醇的蒲桃酒与强壮的妇女之绘画，都于我有什么用呢？呜呼，我爱浮世绘。苦海十年为亲卖身的游女的绘姿使我泣。凭倚竹窗茫然看着流水的艺妓的姿态使我喜。卖宵夜面的纸灯寂寞地停留着的河边的夜景使我醉。雨夜啼月的杜鹃，阵雨中散落的秋天树叶，落花飘风的钟声，途中日暮的山路的雪，凡是无常无告无望的，使人无端嗟叹此世只是一梦的，这样的一切东西，于我都是可亲，于我都是可怀。"永井氏是在说本国的事，所以很有悲愤，我们当作外国艺术看时似可不必如此，虽然也很赞同他的意思。是的，却也不是。生活背景既多近似之处，看了从这出来的艺术的表示，也常令人有《瘗旅文》的"吾与尔犹彼也"之感。大的艺术里吾尔彼总是合一的，我想这并不是老托尔斯泰一个人的新发明，虽然御用的江湖文学不妨去随意宣传，反正江湖诀（Journalism）只是应时小吃而已。还有一层，中国与日本现在是立于敌国的地位，但如离开现时的关系而论永久的性质，则两者都是生来就和西洋的运命及境遇迥异的东洋人也，日本有些法西斯中毒患者以为自己国民的幸福胜过至少也等于西洋了，就只差未能吞并亚洲，稍有愧色，而艺术家乃感到"说话则唇寒"的悲哀，此正是东洋人之悲哀也，我辈闻之亦不能不惘然。木下杢太郎在他的《食后之歌》序中云：

"在杂耍场的归途，戏馆的归途，又或常盘木俱乐部，植木店的归途，予常尝此种异香之酒，耽想那卑俗的，但是充满眼泪的江户平民艺术以为乐。"我于音乐美术是外行，不能了解江户时代音曲板画的精妙，但如永井木下所指出，这里边隐着的哀愁也是能够隐隐的感着的。这不是代表中国人的哀愁，却也未始不可以说包括一部分在内，因为这如上文所说其所表示者总之是东洋人之悲哀也。永井氏论木板画的色彩，云这暗示出那样暗黑时代的恐怖与悲哀与疲劳。俗曲里礼赞恋爱与死，处处显出人情与礼教的冲突，偶然听唱义太夫，便会遇见纸治，即是这一类作品。日本的平民艺术仿佛善于用优美的形式包藏深切的悲苦，这是与中国很不同的。不过我已声明关于这些事情不甚知道，中国的戏尤其是不懂，所以这只是信口开河罢了，请内行人见了别生气才好。

我写这篇小文，没有能够说出东京的什么真面目来，很对不起读者，不过我借此得以任意的说了些想到的话，自己倒觉得愉快，虽然以文章论也还未能写得好。此外本来还有些事想写进去的，如书店等，现在却都来不及再说，只好等将来另写了。

廿五年八月八日，于北平。

（1936年9月16日刊于《宇宙风》第二十五期，署名知堂）

北平的春天

　　北平的春天似乎已经开始了，虽然我还不大觉得。立春已过了十天，现在是七九六十三的起头了，布衲摊在两肩，穷人该有欣欣向荣之意。光绪甲辰即1904年小除那时我在江南水师学堂曾作一诗云：

　　"一年倏就除，风物何凄紧。百岁良悠悠，白日催人尽。既不为大椿，便应如朝菌。一死息群生，何处问灵蠢。"但是第二天除夕我又做了这样一首云：

　　"东风三月烟花好，凉意千山云树幽，冬最无情今归去，明朝又得及春游。"这诗是一样的不成东西，不过可以表示我总是很爱春天的。春天有什么好呢，要讲他的力量及其道德的意义，最好去查盲诗人爱罗先珂的抒情诗的演说，那篇世界语原稿是由我笔录，译本也是我写的，所以约略都还记得，但是这里誊录自然也更可不必了。春天的是官能的美，是要去直接领略的，关门歌颂一无是处，所以这里抽象的话暂且割爱。

　　且说我自己的关于春的经验，都是与游有相关的。古人虽说以鸟鸣春，但我觉得还是在别方面更感到春的印象，即是水与花木。迂阔的说一句，或者这正是活物的根本的缘故罢。小时候，在春天总有些出游的机会，扫墓与香市是主要的两件事，而通行只有水路，所在又多是山上野外，那么这水与花木自然就不会缺少的。香市是公众的行事，禹庙南镇香炉峰为其代表，扫墓是私家的，会稽的乌石头调马场等地方至今在我的记忆中还是一种代表的春景。庚子年三月十六日的日记云：

"晨坐船出东郭门，挽纤行十里，至绕门山，今称东湖，为陶心云先生所创修，堤计长二百丈，皆植千叶桃垂柳及女贞子各树，游人颇多。又三十里至富盛埠，乘兜轿过市行三里许，越岭，约千余级。山上映山红牛郎花甚多，又有蕉藤数株，着花蔚蓝色，状如豆花，结实即刀豆也，可入药。路旁皆竹林，竹萌之出土者粗于碗口而长仅二三寸，颇为可观。忽闻有声如鸡鸣，阁阁然，山谷皆响，问之轿夫，云系雉鸡叫也。又二里许过一溪，阔数丈，水没及骭，异者乱流而渡，水中圆石颗颗，大如鹅卵，整洁可喜。行一二里至墓所，松柏夹道，颇称闳壮。方祭时，小雨籟籟落衣袂间，幸即晴霁。下山午餐，下午开船。将进城门，忽天色如墨，雷电并作，大雨倾注，至家不息。"

旧事重提，本来没有多大意思，这里只是举个例子，说明我春游的观念而已。我们本是水乡的居民，平常对于水不觉得怎么新奇，要去临流赏玩一番，可是生平与水太相习了，自有一种情分，仿佛觉得生活的美与悦乐之背景里都有水在，由水而生的草木次之，禽虫又次之。我非不喜禽虫，但他总离不了草木，不但是吃食，也实是必要的寄托，盖即使以鸟鸣春，这鸣也得在枝头或草原上才好，若是雕笼金锁，无论怎样的鸣得起劲，总使人听了索然兴尽也。

话休烦絮。到底北平的春天怎么样了呢。老实说，我住在北京和北平已将二十年，不可谓不久矣，对于春游却并无什么经验。妙峰山虽热闹，尚无暇瞻仰，清明郊游只有野哭可听耳。北平缺少水气，使春光减了成色，而气候变化稍剧，春天似不曾独立存在，如不算他是夏的头，亦不妨称为冬的尾，总之风和日暖让我们着了单袷可以随意徜徉的时候真是极少，刚觉得不冷就要热了起来了。不过这春的季候自然还是有的。第一，冬之后明明是春，且不说节气上的立春也已过了。第二，生物的发生当然是春的证据，牛山和尚诗云，春叫猫儿猫叫春，是也。人在春天却只是懒散，雅人称曰春困，这似乎是别一种表示。所以北平到底还是有他的春天，不过太慌张一点了，又欠腴润一点，叫人有时来不及尝他的味儿，有时尝了觉得稍枯燥了，虽然名字还叫作春天，但是实在就把他当作冬的尾，要不然便是夏的头，反正这两者在表面上虽差得远，实际上对于不大承认他是春天原是一样的。

我倒还是爱北平的冬天。春天总是故乡的有意思，虽然这是三四十年前的事，现在怎么样我不知道。至于冬天，就是三四十年前的故乡的冬天我也不喜欢：那些手脚生冻瘃，半夜里醒过来像是悬空挂着似的上下四旁都是冷气的感觉，很不好受，在北平的纸糊过的屋子里就不会有的。在屋里不苦寒，冬天便有一种好处，可以让人家作事，手不僵冻，不必炙砚呵笔，于我们写文章的人大有利益。北平虽几乎没有春天，我并无什么不满意，盖吾以冬读代春游之乐久矣。

廿五年二月十四日记

人世的快乐自然是狠可贪恋的

故乡的野菜

　　我的故乡不止一个，凡我住过的地方都是故乡。故乡对于我并没有什么特别的情分，只因钓于斯游于斯的关系，朝夕会面，遂成相识，正如乡村里的邻舍一样，虽然不是亲属，别后有时也要想念到他。我在浙东住过十几年，南京东京都住过六年，这都是我的故乡；现在住在北京，于是北京就成了我的家乡了。

　　日前我的妻往西单市场买菜回来，说起有荠菜在那里卖着，我便想起浙东的事来。荠菜是浙东人春天常吃的野菜，乡间不必说，就是城里只要有后园的人家都可以随时采食，妇女小儿各拿一把剪刀一只"苗篮"，蹲在地上搜寻，是一种有趣味的游戏的工作。那时小孩们唱道："荠菜马兰头，姊妹嫁在后门头。"后来马兰头有乡人拿来进城售卖了，但荠菜还是一种野菜，须得自家去采。关于荠菜向来颇有风雅的传说，不过这似乎以吴地为主。《西湖游览志》云，"三月三日男女皆戴荠菜花。谚云，三春戴荠花，桃李羞繁华。"顾禄的《清嘉录》上亦说，"荠菜花俗呼野菜花，因谚有三月三蚂蚁上灶山之语，三日人家皆以野菜花置灶陉上，以厌虫蚁。侵晨村童叫卖不绝。或妇女簪髻上以祈清目，俗号眼亮花。"但浙东却不很理会这些事情，只是挑来做菜或炒年糕吃罢了。

黄花麦果通称鼠麹草，系菊科植物，叶小微圆互生，表面有白毛，花黄色，簇生梢头。春天的采嫩叶，捣烂去汁，和粉作糕，称黄花麦果糕。小孩们有歌赞美之云，

黄花麦果韧结结，
关得大门自要吃：
半块拿弗出，一块自要吃。

清明前后扫墓时，有些人家——大约是保存古风的人家——用黄花麦果作供，但不作饼状，做成小颗如指顶大，或细条如小指，以五六个作一攒，名曰茧果，不知是什么意思，或因蚕上山时设祭，也用这种食品，故有是称，亦未可知。自从十二三岁时外出不参与外祖家扫墓以后，不复见过茧果，近来住在北京，也不再见黄花麦果的影子了。日本称作"御形"，与荠菜同为春的七草之一，也采来做点心用，状如艾饺，名曰"草饼"，春分前后多食之，在北京也有，但是吃去总是日本风味，不复是儿时的黄花麦果糕了。

扫墓时候所常吃的还有一种野菜，俗名草紫，通称紫云英。农人在收获后，播种田内，用作肥料，是一种很被贱视的植物，但采取嫩茎瀹食，味颇鲜美，似豌豆苗。花紫红色，数十亩接连不断，一片锦绣，如铺着华美的地毯，非常好看，而且花朵状若蝴蝶，又如鸡雏，尤为小孩所喜。间有白色的花，相传可以治痢，很是珍重，但不易得。日本《俳句大辞典》云，"此草与蒲公英同是习见的东西，从

幼年时代便已熟识。在女人里边，不曾采过紫云英的人，恐未必有罢。"中国古来没有花环，但紫云英的花球却是小孩常玩的东西，这一层我还替那些小人们欣幸的。浙东扫墓用鼓吹，所以少年常随了乐音去看"上坟船里的姣姣"；没有钱的人家虽没有鼓吹，但是船头上篷窗下总露出些紫云英和杜鹃的花束，这也就是上坟船的确实的证据了。

十三年二月

（1924年4月5日刊于《晨报副镌》，署名陶然）

北京的茶食

在东安市场的旧书摊上买到一本日本文章家五十岚力的《我的书翰》，中间说起东京的茶食店的点心都不好吃了，只有几家如上野山下的空也，还做得好点心，吃起来馅和糖及果实浑然融合，在舌头上分不出各自的味来。想起德川时代江户的二百五十年的繁华，当然有这一种享乐的流风余韵留传到今日，虽然比起京都来自然有点不及。北京建都已有五百余年之久，论理于衣食住方面应有多少精微的造就，但实际似乎并不如此，即以茶食而论，就不曾知道什么特殊的有滋味的东西。固然我们对于北京情形不甚熟悉，只是随便撞进一家饽饽铺里去买一点来吃，但是就撞过的经验来说，总没有很好吃的点心买到过。难道北京竟是没有好的茶食，还是有而我们不知道呢？这也未必全是为贪口腹之欲，总觉得住在古老的京城里吃不到包含历史的精炼的或颓废的点心是一个很大的缺陷。北京的朋友们，能够告诉我两三家做得上好点心的饽饽铺么？

我对于二十世纪的中国货色，有点不大喜欢，粗恶的模仿品，美其名曰国货，要卖得比外国货更贵些。新房子里卖的东西，便不免都有点怀疑，虽然这样说好像遗老的口吻，但总之关于风流享乐的事我是颇迷信传统的。我在西四牌楼以南走过，望着异馥斋的丈许高的独木招牌，不禁神往，因为这不但表示他是义和团以前的老店，那模糊阴暗的字迹又引起我一种焚香静坐的安闲而丰腴的生活的幻想。我不曾焚过什么香，却对于这件事很有趣味，然而终于不敢进香店去，因为怕他们在香合上已放着花露水与日光皂了。我们于日用必需的东西以外，必须还有一点无用的游戏与享乐，生活才觉得有意思。我们看夕阳，看秋河，看花，听雨，闻香，喝不求解渴的酒，吃不求饱的点心，都是生活上必要的——虽然是无用的装点，而且是愈精炼愈好。可怜现在的中国生活，却是极端地干燥粗鄙，别的不说，我在北京彷徨了十年，终未曾吃到好点心。

十三年二月

（1924年3月18日刊于《晨报副镌》，署名陶然）

喝　茶

　　前回徐志摩先生在平民中学讲"吃茶"，——并不是胡适之先生所说的"吃讲茶"，——我没有工夫去听，又可惜没有见到他精心结构的讲稿，但我推想他是在讲日本的"茶道"，（英文译作Teaism,）而且一定说的很好。茶道的意思，用平凡的话来说，可以称作"忙里偷闲，苦中作乐"，在不完全的现世享乐一点美与和谐，在刹那间体会永久，是日本之"象征的文化"里的一种代表艺术。关于这一件事，徐先生一定已有透彻巧妙的解说，不必再来多嘴，我现在所想说的，只是我个人的很平常的喝茶罢了。

　　喝茶以绿茶为正宗。红茶已经没有什么意味，何况又加糖——与牛奶？葛辛（George Gissing）的《草堂随笔》（*Private Papers of Henry Ryecroft*）确是很有趣味的书，但冬之卷里说及饮茶，以为英国家庭里下午的红茶与黄油面包是一日中最大的乐事，支那饮茶已历千百年，未必能领略此种乐趣与实益的万分之一，则我殊不以为然。红茶带"土斯"未始不可吃，但这只是当饭，在肚饥时食之而已；我的所谓喝茶，却是在喝清茶，在赏鉴其色与香与味，意未必在止渴，自然更不在果腹了。中国古昔曾吃过煎茶及抹茶，现在所用的都是泡茶，冈仓觉三在《茶之书》（*Book of Tea 1919*）里很巧妙的称之曰

"自然主义的茶"，所以我们所重的即在这自然之妙味。中国人上茶馆去，左一碗右一碗的喝了半天，好像是刚从沙漠里回来的样子，颇合于我的喝茶的意思，（听说闽粤有所谓吃工夫茶者自然也有道理，）只可惜近来太是洋场化，失了本意，其结果成为饭馆子之流，只在乡村间还保存一点古风，唯是屋宇器具简陋万分，或者但可称为颇有喝茶之意，而未可许为已得喝茶之道也。

喝茶当于瓦屋纸窗之下，清泉绿茶，用素雅的陶瓷茶具，同二三人共饮，得半日之闲，可抵十年的尘梦。喝茶之后，再去继续修各人的胜业，无论为名为利，都无不可，但偶然的片刻优游乃正亦断不可少。中国喝茶时多吃瓜子，我觉得不很适宜；喝茶时可吃的东西应当是轻淡的"茶食"。中国的茶食却变了"满汉饽饽"，其性质与"阿阿兜"相差无几，不是喝茶时所吃的东西了。日本的点心虽是豆米的成品，但那优雅的形色，朴素的味道，很合于茶食的资格，如各色的"羊羹"（据上田恭辅氏考据，说是出于中国唐时的羊肝饼，）尤有特殊的风味。江南茶馆中有一种"干丝"，用豆腐干切成细丝，加姜丝酱油，重汤燉热，上浇麻油，出以供客，其利益为"堂倌"所独有。豆腐干中本有一种"茶干"，今变而为丝，亦颇与茶相宜。在南京时常食此品，据云有某寺方丈所制为最，虽也曾尝试，却已忘记，所记得者乃只是下关的江天阁而已。学生们的习惯，平常"干丝"既出，大抵不即食，等到麻油再加，开水重换之后，始行举箸，最为合式，因为一到即罄，次碗继至；不遑应酬，否则麻油三浇，旋即撤去，怒形于色，未免使客不欢而散，茶意都消了。

吾乡昌安门外有一处地方，名三脚桥，（实在并无三脚，乃是三出，因以一桥而跨三叉的河上也，）其地有豆腐店曰周德和者，制茶干最有名。寻常的豆腐干方约寸半，厚三分，值钱二文，周德和的价值相同，小而且薄，几及一半，黝黑坚实，如紫檀片。我家距三脚桥有步行两小时的路程，故殊不易得，但能吃到油炸者而已。每天有人挑担设炉镬，沿街叫卖，其词曰，

　　辣酱辣，

　　麻油炸，

　　红酱搽，辣酱拓：

　　周德和格五香油炸豆腐干。

其制法如上所述，以竹丝插其末端，每枚三文。豆腐干大小如周德和，而甚柔软，大约系常品，惟经过这样烹调，虽然不是茶食之一，却也不失为一种好豆食。——豆腐的确也是极东的佳妙的食品，可以有种种的变化，惟在西洋不会被领解，正如茶一般。

日本用茶淘饭，名曰"茶渍"，以腌菜及"泽庵"（即福建的黄土萝蔔，日本泽庵法师始传此法，盖从中国传去，）等为佐，很有清淡而甘香的风味。中国人未尝不这样吃，唯其原因，非由穷困即为节省，殆少有故意往清茶淡饭中寻其固有之味者，此所以为可惜也。

十三年十二月

生活之艺术

契诃夫（Tshekhov）书简集中有一节道，（那时他在爱珲附近旅行，）"我请一个中国人到酒店里喝烧酒，他在未饮之前举杯向着我和酒店主人及伙计们，说道'请'。这是中国的礼节。他并不像我们那样的一饮而尽，却是一口一口的啜，每啜一口，吃一点东西；随后给我几个中国铜钱，表示感谢之意。这是一种怪有礼的民族。……"

一口一口的啜，这的确是中国仅存的饮酒的艺术：干杯者不能知酒味，泥醉者不能知微醺之味。中国人对于饮食还知道一点享用之术，但是一般的生活之艺术却早已失传了。中国生活的方式现在只是两个极端，非禁欲即是纵欲，非连酒字都不准说即是浸身在酒槽里，二者互相反动，各益增长，而其结果则是同样的污糟。动物的生活本有自然的调节，中国在千年以前文化发达，一时有臻于灵肉一致之象，后来为禁欲思想所战胜，变成现在这样的生活，无自由，无节制，一切在礼教的面具底下实行迫压与放恣，实在所谓礼者早已消灭无存了。

生活不是很容易的事。动物那样的，自然地简易地生活，是其一法；把生活当作一种艺术，微妙地美地生活，又是一法；二者之外别无道路，有之则是禽兽之下的乱调的生活了。生活之艺术只在禁欲与纵欲的调和。蔼理斯对于这个问题很有精到的意见，他排斥宗教的禁欲主义，但以为禁欲亦是人性的一面；欢乐与节制二者并存，且不相反而实相成。人有禁欲的倾向，即所以防欢乐的过量，并即以增欢乐的程度。他在《圣芳济与其他》一篇论文中曾说道，"有人以此二者（即禁欲与耽溺）之一为其生活之唯一目的者，其人将在尚未生活之前早已死了。有人先将其一（耽溺）推至极端，再转而之他，其人才真能了解人生是什么，日后将被记念为模范的高僧。但是始终尊重这二重理想者，那才是知生活法的明智的大师。……一切生活是一个建设与破坏，一个取进与付出，一个永远的构成作用与分解作用的循环。要正当地生活，我们须得模仿大自然的豪华与严肃。"他又说过，"生活之艺术，其方法只在于微妙地混和取与舍二者而已，"更是简明的说出这个意思来了。

生活之艺术这个名词，用中国固有的字来说便是所谓礼。斯谛耳博士在《仪礼》的序上说，"礼节并不单是一套仪式，空虚无用，如后世所沿袭者。这是用以养成自制与整饬的动作之习惯，唯有能领解万物感受一切之心的人才有这样安详的容止。"从前听说辜鸿铭先生批评英文《礼记》译名的不妥当，以为"礼"不是 Rite 而是 Art，当时觉得有点乖僻，其实却是对的，不过这是指本来的礼，后来的礼仪礼教都是堕落了的东西，不足当这个称呼了。中国的礼早已丧失，只有如上文所说，还略存于茶酒之间而已。去年有西人反对上海禁娼，以为妓院是中国文化所在的地方，这句话的确难免有点荒谬，但仔细想来也不无若干理由。我们不必拉扯唐代的官妓，希腊的"女友"（Hetaira）的韵事来作辩护，只想起某外人的警句，"中国挟妓如西洋的求婚，中国娶妻如西洋的宿娼"，或者不能不感到《爱之术》（Ars Amatoria）真是只存在草野之间了。我们并不同某西人那样要保存妓院，只觉得在有些怪论里边，也常有真实存在罢了。

中国现在所切要的是一种新的自由与新的节制，去建造中国的新文明，也就是复兴千年前的旧文明，也就是与西方文化的基础之希腊文明相合一了。这些话或者说的太大太高了，但据我想舍此中国别无得救之道，宋以来的道学家的禁欲主义总是无用的了，因为这只足以助成纵欲而不能收调节之功。其实这生活的艺术在有礼节重中庸的中国本来不是什么新奇的事物，如《中庸》的起头说，"天命之谓性，率性之谓道，修道之谓教"，照我的解说即是很明白的这种主张，不过后代的人都只拿去讲章旨节旨，没有人实行罢了。我不是说半部《中庸》可以济世，但以表示中国可以了解这个思想。日本虽然也很受到宋学的影响，生活上却可以说是承受平安朝的系统，还有许多唐代的流风余韵，因此了解生活之艺术也更是容易。在许多风俗上日本的确保存这艺术的色彩，为我们中国人所不及，但由道学家看来，或者这正是他们的缺点也未可知罢。

十三年十一月

（1924年11月17日刊于《语丝》第一期，署名开明）

净　观

日本现代奇人废姓外骨（本姓宫武）在所著《秽亵与科学》（1925出板，非卖品）附录《自著秽亵书目解题》中《秽亵废语辞汇》项下注云：

"大正六年发行政治杂志《民本主义》第一号出去即被禁止，兼处罚金，且并表示以后每号均当禁止发行。我实在无可如何，于是动手编纂这书，自序中说：

"'我的性格可以说是固执着过激与秽亵这两点，现在我所企画的官僚政治讨伐，大正维新建设之民本主义宣传既被妨害窘迫，那么自然的归着便不得不倾于性的研究与神秘泄漏。此为本书发行之理由，亦即我天职之发挥也。'云云。"

著者虽然没有明言，他的性情显然是对于时代的一种反动，对于专制政治及假道学的教育的反动。我不懂政治，所以这一方面没有什么话说，但在反抗假道学的教育一方面则有十二分的同感。

外骨氏的著书，如关于浮世绘川柳以及笔祸赌博私刑等风俗研究各种，都觉得狠有兴味，唯最使我佩服的是他的所谓秽亵趣味，即对于礼教的反抗态度。平常对于秽亵事物可以有三种态度，一是艺术地自然，二是科学地冷淡，三是道德地洁净。这三者都是对的，但在假道学的社会中我们非科学及艺术家的凡人所能取的态度只是第三种，（其实也以前二者为依据，）自己洁净地看，而对于有不洁净的眼的人们则加以白眼，嘲弄，以至于训斥。

我最爱欧洲文艺复兴时代的文人，因为他们有一种非礼法主义显现于艺术之中，意大利的波加屈（Boccaccio）与法国的拉勃来（Rabelais）可为代表。波加屈是艺术家，拉勃来则是艺术而兼科学家，但一样的也都是道德家，《十日谈》中满漂着现世思想的空气，《大渴王》（Pantagruel）故事更是猛烈地攻击政教的圣殿，一面建设起理想的德勒玛寺来。拉勃来所以不但"有伤风化"，还有"得罪名教"之嫌，要比波加屈更为危险了。他不是狂信的殉道者，也异于冷酷的清教徒，他笑着闹着，披着猥亵的衣，出入于礼法之阵，终于没有损伤，实在是他的本领。他曾象征地说："我生来就够口渴了，用不着再拿火来烤。"他又说将固执他的主张，直到将要被人茶毗为止：这一点很使我们佩服，与我们佩服外骨氏之被禁止三十余次一样。

中国现在假道学的空气浓厚极了，官僚和老头子不必说，就是青年也这样，如批评心琴画会展览云，"绝无一幅裸体画，更见其人品之高矣！"中国之未曾发昏的人们何在，为什么还不拿了"十字架"起来反抗？我们当从艺术科学尤其是道德的见地，提倡净观，反抗这假道学的教育，直到将要被火烤了为止。

十四年二月

（1925年2月23日刊于《语丝》第十五期，署名子荣）

鸟　声

古人有言："以鸟鸣春。"现在已过了春分，正是鸟声的时节了，但我觉得不大能够听到，虽然京城的西北隅已经近于乡村。这所谓鸟当然是指那飞鸣自在的东西，不必说鸡鸣咿咿鸭鸣呷呷的家奴，便是熟番似的鸽子之类也算不得数，因为他们都是忘记了四时八节的了。我所听见的鸟鸣只有檐头麻雀的啾唧，以及槐树上每天早来的啄木的干笑，——这似乎都不能报春，麻雀的太琐碎了，而啄木又不免多一点干枯的气味。

英国诗人那许（Nash）有一首诗，被录在所谓《名诗选》（*Golden Treasury*）的卷首。他说，春天来了，百花开放，姑娘们跳舞着，天气温和，好鸟都歌唱起来，他列举四样鸟声：

Cuekoo, jug—ug, pee—wee, to—witta—woo!

这九行的诗实在有趣，我却总不敢译，因为怕一则译不好，二则要译错。现在只抄出一行来，看那四样是什么鸟。第一种是勃姑，书名鸤鸠，他是自呼其名的，可以无疑了。第二种是夜莺，就是那林间的"发痴的鸟"，古希腊女诗人称之曰"春之使者，美音的夜莺"，他的名贵可想而知，只是我不知道他到底是什么东西。我们乡间的黄莺也会"翻叫"，被捕后常因想念妻子而急死，与他西方的表兄弟相同，但他要吃小鸟，而且又不发痴地唱上一夜以至于呕血。第四种虽似异怪乃是猫头鹰。第三种则不大明了，有人说是蚊母鸟，或云是田凫，但据斯密士的《鸟的生活与故事》第一章所说系小猫头鹰。倘若是真的，那么四种好鸟之中猫头鹰一家已占其二了。斯密士说这二者都是褐色猫头鹰，与别的怪声怪相的不同，他的书中虽有图像，我也认不得这是鸱是鸮还是流离之子，不过总是猫头鹰之类罢了。几时曾听见他们的呼声，有的声如货郎的摇鼓，有的恍若连呼"掘洼"（dzhehuoang），俗云不祥主有死丧，所以闻者多极懊恼，大约此风古已有之，查检观颏道人的《小演雅》，所录古今禽言中不见有猫头鹰的话。然而仔细回想：觉得那些叫声实在并不错，比任何风声箫声鸟声更为有趣，如诗人谢勒（Shelley）所说。

现在，就北京来说，这几样鸣声都没有，所有的还只是麻雀和啄木鸟。老鸹，乡间称云乌老鸦，在北京是每天可以听到的，但是一点风雅气也没有，而且是通年噪聒，不知道他是那一季的鸟。麻雀和啄木鸟虽然唱不出好的歌来，在那琐碎和干枯之中到底还含一些春气：唉唉，听那不讨人欢喜的乌老鸦叫也已够了，且让我们欢迎这些鸣春的小鸟，倾听他们的谈笑罢。

"啾唧，啾唧！"

"嘎嘎！"

苦　雨

伏园兄：

　　北京近日多雨，你在长安道上不知也遇到否，想必能增你旅行的许多佳趣。雨中旅行不一定是很愉快的，我以前在杭沪车上时常遇雨，每感困难，所以我于火车的雨不能感到什么兴味，但卧在乌篷船里，静听打篷的雨声，加上欸乃的橹声以及"靠塘来，靠下去"的呼声，却是一种梦似的诗境。倘若更大胆一点，仰卧在脚划小船内，冒雨夜行，更显出水乡住民的风趣，虽然较为危险，一不小心，拙劣地转一个身，便要使船底朝天。二十多年前往东浦吊先父的保姆之丧，归途遇暴风雨，一叶扁舟在白鹅似的波浪中间滚过大树港，危险极也愉快极了。我大约还有好些"为鱼"时候——至少也是断发文身时候的脾气，对于水颇感到亲近，不过北京的泥塘似的许多"海"实在不很满意，这样的水没有也并不怎么可惜。你往"陕半天"去似乎要走好两天的准沙漠路，在那时候倘若遇见风雨，大约是很舒服的，遥想你胡坐骡车中，在大漠之上，大雨之下，喝着四打之内的汽水，悠然进行，可以算是"不亦快哉"之一。但这只是我的空想，如诗人的理想一样地靠不住，或者你在骡车中遇雨，很感困难，正在叫苦连天也未可知，这须等你回京后问你再说了。

我住在北京，遇见这几天的雨，却叫我十分难过。北京向来少雨，所以不但雨具不很完全，便是家屋构造，于防雨亦欠周密。除了真正富翁以外，很少用实垛砖墙，大抵只用泥墙抹灰敷衍了事。近来天气转变，南方酷寒而北方淫雨，因此两方面的建筑上都露出缺陷。一星期前的雨把后园的西墙淋坍，第二天就有"梁上君子"来摸索北房的铁丝窗，从次日起赶紧邀了七八位匠人，费两天工夫，从头改筑，已经成功十分八九，总算可以高枕而卧，前夜的雨却又将门口的南墙冲倒二三丈之谱。这回受惊的可不是我了，乃是川岛君"渠们"俩，因为"梁上君子"如再见光顾，一定是去躲在"渠们"的窗下窃听的了。为消除"渠们"的不安起见，一等天气晴正，急须大举地修筑，希望日子不至于很久，这几天只好暂时拜托川岛君的老弟费神代为警护罢了。

前天十足下了一夜的雨，使我夜里不知醒了几遍。北京除了偶然有人高兴放几个爆仗以外，夜里总还安静，那样哗喇哗喇的雨声在我的耳朵已经不很听惯，所以时常被它惊醒，就是睡着也仿佛觉得耳边粘着面条似的东西，睡的很不痛快。还有一层，前天晚间据小孩们报告，前面院子里的积水已经离台阶不及一寸，夜里听着雨声，心里糊里糊涂地总是想水已上了台阶，浸入西边的书房里了。好容易到了早上五点钟，赤脚撑伞，跑到西屋一看，果然不出所料，水浸满了全屋，约有一寸深浅，这才叹了一口气，觉得放心了；倘若这样兴高采烈地跑去，一看却没有水，恐怕那时反觉得失望，没有现在那样的满足也说不定。幸而书籍都没有湿，虽然是没有什么价值的东西，但是湿成一饼一饼的纸糕，也很是不愉快。现今水虽已退，还留下一种涨过大水后的普通的臭味，固然不能留客坐谈，就是自己也不能在那里写字，所以这封信是在里边炕桌上写的。

这回的大雨，只有两种人最是喜欢。第一是小孩们。他们喜欢水，却极不容易得到，现在看见院子里成了河，便成群结队的去"淌河"去。赤了足伸到水里去，实在很有点冷，但他们不怕，下到水里还不肯上来。大人见小孩们玩的有趣，也一个两个地加入，但是成绩却不甚佳，那一天里滑倒了三个人，其中两个都是大人，——其一为我的兄弟，其一是川岛君。第二种喜欢下雨的则为虾蟆。从前同小孩们往高亮桥去钓鱼钓不着，只捉了好些虾蟆，有绿的，有花条的，拿回来都放在院子里，平常偶叫几声，在这几天里便整日叫唤，或者是荒年之兆，却极有田村的风味。有许多耳朵皮嫩的人，很恶喧嚣，如麻雀虾蟆或蝉的叫声，凡足以妨碍他们的甜睡者，无一不痛恶而深绝之，大有欲灭此而午睡之意，我觉得大可以不必如此，随便听听都是很有趣味的，不但是这些久成诗料的东西，一切鸣声其实都可以听。虾蟆在水田里群叫，深夜静听，往往变成一种金属音，很是特别，又有时仿佛是狗叫，古人常称蛙蛤为吠，大约也是从实验而来。我们院子里的虾蟆现在只见花条的一种，它的叫声更不漂亮，只是格格格这个叫法，可以说是革音，平常自一声至三声，不会更多，唯在下雨的早晨，听它一口气叫上十二三声，可见它是实在喜欢极了。

这一场大雨恐怕在乡下的穷朋友是很大的一个不幸，但是我不曾亲见，单靠想像是不中用的，所以我不去虚伪地代为悲叹了。倘若有人说这所记的只是个人的事情，于人生无益，我也承认，我本来只想说个人的私事，此外别无意思。今天太阳已经出来，傍晚可以出外去游嬉，这封信也就不再写下去了。

我本等着看你的秦游记，现在却由我先写给你看，这也可以算是"意表之外"的事罢。

十三年七月十七日在京城书。

（1924年7月22日刊于《晨报副镌》，署名朴念仁）

谈　酒

　　这个年头儿，喝酒倒是很有意思的，我虽是京兆人，却生长在东南的海边，是出产酒的有名地方。我的舅父和姑父家里时常做几缸自用的酒，但我终于不知道酒是怎么做法，只觉得所用的大约是糯米，因为儿歌里说，"老酒糯米做，吃得变nionio"——末一字是本地叫猪的俗语。做酒的方法与器具似乎都很简单，只有煮的时候的手法极不容易，非有经验的工人不办，平常做酒的人家大抵聘请一个人来，俗称"酒头工"，以自己不能喝酒者为最上，叫他专管鉴定煮酒的时节。有一个远房亲戚，我们叫他"七斤公公"，——他是我舅父的族叔，但是在他家里做短工，所以舅母只叫他作"七斤老"，有时也听见她叫"老七斤"，是这样的酒头工，每年去帮人家做酒；他喜吸旱烟，说玩话，打马将，但是不大喝酒（海边的人喝一两碗是不算能喝，照市价计算也不值十文钱的酒，）所以生意很好，时常跑一二百里路被招到诸暨嵊县去。据他说这实在并不难，只须走到缸边屈着身听，听见里边起泡的声音切切察察的，好像是螃蟹吐沫（儿童称为蟹煮饭）的样子，便拿来煮就得了；早一点酒还未成，迟一点就变酸了。但是怎么是恰好的时期，别人仍不能知道，只有听熟的耳朵才能够断定，正如骨董家的眼睛辨别古物一样。

大人家饮酒多用酒钟，以表示其斯文，实在是不对的。正当的喝法是用一种酒碗，浅而大，底有高足，可以说是古已有之的香宾杯。平常起码总是两碗，合一"串筒"，价值似是六文一碗。串筒略如倒写的凸字，上下部如一与三之比，以洋铁为之，无盖无嘴，可倒而不可筛，据好酒家说酒以倒为正宗，筛出来的不大好吃。唯酒保好于量酒之前先"荡"（置水于器内，摇荡而洗涤之谓）串筒，荡后往往将清水之一部分留在筒内，客嫌酒淡，常起争执，故喝酒老手必先戒堂倌以勿荡串筒，并监视其量好放在温酒架上。能饮者多索竹叶青，通称曰"本色"，"元红"系状元红之略，则着色者，唯外行人喜饮之。在外省有所谓花雕者，唯本地酒店中却没有这样东西。相传昔时人家生女，则酿酒贮花雕（一种有花纹的酒坛）中，至女儿出嫁时用以饷客，但此风今已不存，嫁女时偶用花雕，也只临时买元红充数，饮者不以为珍品。有些喝酒的人预备家酿，却有极好的，每年做醇酒若干坛，按次第埋园中，二十年后掘取，即每岁皆得饮二十年陈的老酒了。此种陈酒例不发售，故无处可买，我只有一回在旧日业师家里喝过这样好酒，至今还不曾忘记。

　　我既是酒乡的一个土著，又这样的喜欢谈酒，好像一定是个与"三酉"结不解缘的酒徒了。其实却大不然。我的父亲是很能喝酒的，我不知道他可以喝多少，只记得他每晚用花生米水果等下酒，且喝且谈天，至少要花费两点钟，恐怕所喝的酒一定很不少了。但我却是不肖，不，或者可以说有志未逮，因为我很喜欢喝酒而不会喝，所以每逢酒宴我总是第一个醉与脸红的。自从辛酉患病后，医生叫我喝酒以代药饵，定量是勃阑地每回二十格阑姆，蒲桃酒与老酒等倍之，六年以后酒量一点没有进步，到现在只要喝下一百格阑姆的花雕，便立刻变成关夫子了。（以前大家笑谈称作"赤化"，此刻自然应当谨慎，虽然是说笑话。）有些有不醉之量的，愈饮愈是脸白的朋友，我觉得非常可以欣羡，只可惜他们愈能喝酒便愈不肯喝酒，好像是美人之不肯显示她的颜色，这实在是太不应该了。

　　黄酒比较的便宜一点，所以觉得时常可以买喝，其实别的酒也未尝不好。白干于我未免过凶一点，我喝了常怕口腔内要起泡，山西的汾酒与北京的莲花白虽然可喝少许，也总觉得不很和善。日本的清酒我颇喜欢，只是仿佛新酒模样，味道不很静定。蒲桃酒与橙皮酒都很可口，但我以为最好的还是勃阑地。我觉得西洋人不很能够了解茶的趣味，至于酒则很有工夫，决不下于中国。天天喝洋酒当然是一个大的漏厄，正如吸烟卷一般，但不必一定进国货党，咬定牙根要抽净丝，随便喝一点什么酒其实都是无所不可的，至少是我个人这样的想。

　　喝酒的趣味在什么地方？这个我恐怕有点说不明白。有人说，酒的乐趣是在醉后的陶然的境界。但我不很了解这个境界是怎样的，因为我自饮酒以来似乎不大陶然过，不知怎的我的醉大抵都只是生理的，而不是精神的陶醉。所以照我说来，酒的趣味只是在饮的时候，我想悦乐大抵在做的这一刹那，倘若说是陶然，那也当是杯在口的一刻罢。醉了，困倦了，或者应当休息一会儿，也是很安舒的，却未必能说酒的真趣是在此间。昏迷，梦魇，呓语，或是忘却现世忧患之一法门；其实这也是有限的，倒还不如把宇宙性命都投在一口美酒里的耽溺之力还要强大。我喝着酒，一面也怀着"杞天之虑"，生恐强硬的礼教反动之后将引起颓废的风气，结果是借醇酒妇人以避礼教的迫害，沙宁（Sanin）时代的出现不是不可能的。但是，或者在中国什么运动都未必彻底成功，青年的反拨力也未必怎么强盛，那么杞天终于只是杞天，仍旧能够让我们喝一口非耽溺的酒也未可知。倘若如此，那时喝酒又一定另外觉得很有意思了罢？

民国十五年六月二十日，于北京。

（1926年6月28日刊于《语丝》第八十五期，署名岂明）

乌篷船

子荣君：

接到手书，知道你要到我的故乡去，叫我给你一点什么指导。老实说，我的故乡，真正觉得可怀恋的地方，并不是那里；但是因为在那里生长，住过十多年，究竟知道一点情形，所以写这一封信告诉你。

我所要告诉你的，并不是那里的风土人情，那是写不尽的，但是你到那里一看也就会明白的，不必啰唆地多讲。我要说的是一种很有趣的东西，这便是船。你在家乡平常总坐人力车，电车，或是汽车，但在我的故乡那里这些都没有，除了在城内或山上是用轿子以外，普通代步都是用船。船有两种，普通坐的都是"乌篷船"，白篷的大抵作航船用，坐夜航船到西陵去也有特别的风趣，但是你总不便坐，所以我也就可以不说了。乌篷船大的为"四明瓦"（Symenngoa），小的为脚划船（划读如uoa）亦称小船。但是最适用的还是在这中间的"三道"，亦即三明瓦。篷是半圆形的，用竹片编成，中夹竹箬，上涂黑油；在两扇"定篷"之间放着一扇遮阳，也是半圆的，木作格子，嵌着一片片的小鱼鳞，径约一寸，颇有点透明，略似玻璃而坚韧耐用，这就称为明瓦。三明瓦者，谓其中舱有两道，后舱有一道明瓦也。船尾用橹，大抵两支，船首有竹篙，用以定船。船头着眉目，状如老虎，但似在微笑，颇滑稽而不可怕，唯白篷船则无之。三道船篷之高大约可以使你直立，舱宽可以放下一顶方桌，四个人坐着打麻将，——这个恐怕你也已学会了罢？小船则真是一叶扁舟，你坐在船底席上，篷顶离你的头有两三寸，你的两手可以搁在左右的舷上，还把手都露出在外边。在这种船里仿佛是在水面上坐，靠近田岸去时泥土便和你的眼鼻接近，而且遇着风浪，或是坐得少不小心，就会船底朝天，发生危险，但是也颇有趣味，是水乡的一种特色。不过你总可以不必去坐，最好还是坐那三道船罢。

你如坐船出去，可是不能像坐电车的那样性急，立刻盼望走到。倘若出城，走三四十里路，（我们那里的里程是很短，一里才及英哩三分之一，）来回总要预备一天。你坐在船上，应该是游山的态度，看看四周物色，随处可见的山，岸旁的乌桕，河边的红蓼和白苹，渔舍，各式各样的桥，困倦的时候睡在舱中拿出随笔来看，或者冲一碗清茶喝喝。偏门外的鉴湖一带，贺家池，壶觞左近，我都是喜欢的，或者往娄公埠骑驴去游兰亭，（但我劝你还是步行，骑驴或者于你不很相宜，）到得暮色苍然的时候进城上都挂着薜荔的东门来，倒是颇有趣味的事。倘若路上不平静，你往杭州去时可于下午开船，黄昏时候的景色正最好看，只可惜这一带地方的名字我都忘记了。夜间睡在舱中，听水声橹声，来往船只的招呼声，以及乡间的犬吠鸡鸣，也都很有意思。雇一只船到乡下去看庙戏，可以了解中国旧戏的真趣味，而且在船上行动自如，要看就看，要睡就睡，要喝酒就喝酒，我觉得也可以算是理想的行乐法。只可惜讲维新以来这些演剧与迎会都已禁止，中产阶级的低能人别在"布业会馆"等处建起"海式"的戏场来，请大家买票看上海的猫儿戏。这些地方你千万不要去。——你到我那故乡，恐怕没有一个人认得，我又因为在教书不能陪你去玩，坐夜船，谈闲天，实在抱歉而且惆怅。川岛君夫妇现在偶山下，本来可以给你绍介，但是你到那里的时候他们恐怕已经离开故乡了。初寒，善自珍重，不尽。

十五年一月十八日夜，于北京。
（1926年11月27日刊于《语丝》第一百零七期，署名岂明）

吃　菜

偶然看书讲到民间邪教的地方，总常有吃菜事魔等字样。吃菜大约就是素食，事魔是什么事呢？总是服侍什么魔王之类罢，我们知道希腊诸神到了基督教世界多转变为魔，那么魔有些原来也是有身分的，并不一定怎么邪曲，不过随便地事也本可不必，虽然光是吃菜未始不可以，而且说起来我也还有点赞成。本来草的茎叶根实只要无毒都可以吃，又因为有维他命某，不但充饥还可养生，这是普通人所熟知的，至于专门地或有宗旨地吃，那便有点儿不同，仿佛是一种主义，现在我所想要说的就是这种吃菜主义。

吃菜主义似乎可以分作两类。第一类是道德的。这派的人并不是不吃肉，只是多吃菜，其原因大约是由于崇尚素朴清淡的生活。孔子云，"饭疏食，饮水，曲肱而枕之，乐亦在其中矣"，可以说是这派的祖师。《南齐书·周颙传》云，"颙清贫寡欲，终日长蔬食。文惠太子问颙菜食何味最胜，颙曰，春初早韭，秋末晚菘。"黄山谷题画菜云，"不可使士大夫不知此味，不可使天下之民有此色。"——当作文章来看实在不很高明，大有帖括的意味，但如算作这派提倡咬菜根的标语却是颇得要领的。李笠翁在《闲情偶寄》卷五说：

"声音之道，丝不如竹，竹不如肉，为其渐近自然，吾谓饮食之道，脍不如肉，肉不如蔬，亦以其渐近自然也。草衣木食，上古之风，人能疏远肥腻，食蔬蕨而甘之，腹中菜园不使羊来踏破，是犹作羲皇之民，鼓唐虞之腹，与崇尚古玩同一致也。所怪于世者，弃美名不居，而故异端其说，谓佛法如是，是则谬矣。吾辑《饮馔》一卷，后肉食而首蔬菜，一以崇俭，一以复古，至重宰割而惜生命，又其念兹在兹而不忍或忘者矣。"笠翁照例有他的妙语，这里也是如此，说得很是清脆，虽然照文化史上讲来吃肉该在吃菜之先，不过笠翁不及知道，而且他又那里会来斤斤地考究这些事情呢。

　　吃菜主义之二是宗教的，普通多是根据佛法，即笠翁所谓异端其说者也。我觉得这两类显有不同之点，其一吃菜只是吃菜，其二吃菜乃是不食肉，笠翁上文说得蛮好，而下面所说念兹在兹的却又混到这边来，不免与佛法发生纠葛了。小乘律有杀戒而不戒食肉，盖杀生而食已在戒中，唯自死鸟残等肉仍在不禁之列，至大乘律始明定食肉戒，如《梵网经》菩萨戒中所举，其辞曰：

　　"若佛子故食肉，——一切众生肉不得食：夫食肉者断大慈悲佛性种子，一切众生见而舍去。是故一切菩萨不得食一切众生肉，食肉得无量罪，——若故食者，犯轻垢罪。"贤首疏云，"轻垢者，简前重戒，是以名轻，简异无犯，故亦名垢。又释，渎汙清净行名垢，礼非重过称轻。"因为这里没有把杀生算在内，所以算是轻戒，但话虽如此,据《目莲问罪报经》所说,犯突吉罗众学戒罪,如四天王寿,五百岁堕泥犁中,于人间数九百千岁,此堕等活地狱,人间五十年为天一昼夜,可见还是不得了也。

我读《旧约·利未记》,再看大小乘律,觉得其中所说的话要合理得多,而上边食肉戒的措辞我尤为喜欢,实在明智通达,古今莫及。《入楞伽经》所论虽然详细,但仍多为粗恶凡人说法,道世在《诸经要集》中酒肉部所述亦复如是,不要说别人了。后来讲戒杀的大抵偏重因果一端,写得较好的还是莲池的《放生文》和周安士的《万善先资》,文字还有可取,其次《好生救劫编》《卫生集》等,自郐以下更可以不论,里边的意思总都是人吃了虾米再变虾米去还吃这一套,虽然也好玩,难免是幼稚了。我以为菜食是为了不食肉,不食肉是为了不杀生,这是对的,再说为什么不杀生,那么这个解释我想还是说不欲断大慈悲佛性种子最为得体,别的总说得支离。众生有一人不得度的时候自己决不先得度,这固然是大乘菩萨的弘愿,但凡夫到了中年,往往会看轻自己的生命而尊重人家的,并不是怎么奇特的现象。难道肉体渐近老衰,精神也就与宗教接近么? 未必然,这种态度有的从宗教出,有的也会从唯物论出的。或者有人疑心唯物论者一定是主张强食弱肉的,却不知道也可以成为大慈悲宗,好像是《安士全书》信者,所不同的他是本于理性,没有人吃虾米那些律例而已。

据我看来,吃菜亦复佳,但也以中庸为妙,赤米白盐绿葵紫蓼之外,偶然也不妨少进三净肉,如要讲净素已不容易,再要彻底便有碰壁的危险。《南齐书·孝义传》纪江泌事，说他"食菜不食心，以其有生意也"，觉得这件事很有风趣，但是离彻底总还远呢。英国柏忒勒（Samuel Butler）所著《有何无之乡游记》（*Erewhon*）中第二十六七章叙述一件很妙的故事，前章题曰"动物权"，说古代有哲人主张动物的生存权，人民实行菜食，当初许可吃牛乳鸡蛋，后来觉得挤牛乳有损于小牛，鸡蛋也是一条可能的生命，所以都禁了，但陈鸡蛋还勉强可以使用，只要经过检查，证明确已陈年臭坏了，贴上一张"三个月以前所生"的查票，就可发卖。次章题曰"植物权"，已是六七百年过后的事了，那时又出了一个哲学家，他用实验证明植物也同动物一样地有生命，所以也不能吃，据他的意思，人可以吃的只有那些自死的植物，例如落在地上将要腐烂的果子，或在深秋变黄了的菜叶。他说只有这些同样的废物人们可以吃了于心无愧。"即使如此，吃的人还应该把所吃的苹果或梨的核，杏核，樱桃核及其他，都种在土里，不然他就将犯了堕胎之罪。至于五谷，据他说那是全然不成，因为每颗谷都有一个灵魂像人一样，他也自有其同样地要求安全之权利。"结果是大家不能不承认他的理论，但是又苦于难以实行，逼得没法了便索性开了荤，仍旧吃起猪排牛排来了。这是讽刺小说的活，我们不必认真，然而天下事却也有偶然暗合的，如《文殊师利问经》云：

"若为己杀，不得啖。若肉林中已自腐烂，欲食得食。若欲啖肉者，当说此咒：如是，无我无我，无寿命无寿命，失失，烧烧，破破，有为，除杀去。此咒三说，乃得啖肉，饭亦不食。何以故？若思惟饭不应食，何况当啖肉。"这个吃肉林中腐肉的办法岂不与陈鸡蛋很相像，那么烂果子黄菜叶也并不一定是无理，实在也只是比不食菜心更彻底一点罢了。

二十年十一月十八日，于北平。

虱 子

偶读罗素所著的《结婚与道德》，第五章讲中古时代思想的地方，有这一节话：

"那时教会攻击洗浴的习惯，以为凡使肉体清洁可爱好者皆有发生罪恶之倾向。肮脏不洁是被赞美，于是圣贤的气味变成更为强烈了。圣保拉说，身体与衣服的洁净，就是灵魂的不净。虱子被称为神的明珠，爬满这些东西是一个圣人的必不可少的记号。"我记起我们东方文明的选手故辜鸿铭先生来了，他曾经礼赞过不洁，说过相仿的话，虽然我不能知道他有没有把虱子包括在内，或者特别提出来过。但是，即是辜先生不曾有什么颂词，虱子在中国文化历史上的位置也并不低，不过这似乎只是名流的装饰，关于古圣先贤还没有文献上的证明罢了。晋朝的王猛的名誉，一半固然在于他的经济的事业，他的捉虱子这一件事恐怕至少也要居其一半，到了二十世纪之初，梁任公先生在横滨办《新民丛报》，那时有一位重要的撰述员，名叫扪虱谈虎客，可见这个还很时髦，无论他身上是否真有那晋朝的小动物。

洛威（R.H. Lowie）博士是旧金山大学的人类学教授，近著一本很有意思的通俗书《我们是文明么》，其中有好些可以供我们参考的地方。第十章讲衣服与时装，他说起十八世纪时妇人梳了很高的髻，有些矮的女子，她的下巴颏儿正在头顶到脚尖的中间。在下文又说道：

"宫里的女官坐车时只可跪在台板上，把头伸在窗外，她们跳着舞，总怕头碰了挂灯。重重扑粉厚厚衬垫的三角塔终于满生了虱子，很是不舒服，但西欧的时风并不就废止这种时装。结果发明了一种象牙钩钗，拿来搔痒，算是很漂亮的。"第二十一章讲卫生与医药，又说到"十八世纪的太太们的头上成群的养着虱子"。又举例说明道：

"1393年，一个法国著者教给他美丽的读者六个方法，治她们的丈夫的跳蚤，1539年出版的一本书列有奇效方，可以除灭跳蚤、虱子、虱卵，以及臭虫。"照这样看来，不但证明"西洋也有臭虫"，更可见贵夫人的青丝上也满生过虱子。在中国，这自然更要普遍了，褚人获编《坚瓠集》丙集卷三有一篇《须虱颂》，其文曰：

"王介甫王禹玉同侍朝，见虱自介甫襦领直缘其须，上顾而笑，介甫不知也。朝退，介甫问上笑之故，禹玉指以告，介甫命从者去之。禹玉曰，未可轻去，愿颂一言。介甫曰，何如？禹玉曰，屡游相须，曾经御览，未可杀也，或曰放焉。众大笑。"我们的荆公是不修边幅的，有一个半个小虫在胡须上爬，原算不得是什么奇事，但这却令我想起别一件轶事来，据说徽宗在五国城，写信给旧臣道："朕身上生虫，形如琵琶。"照常人的推想，皇帝不认识虱子，似乎在情理之中，而且这样传说，幽默与悲感混在一起，也颇有意思，但是参照上文,似乎有点不大妥帖了。宋神宗见了虱子是认得的,到了徽宗反而退步,如果属实,可谓不克绳其祖武了。《坚瓠集》中又有一条恒言,内分两节如下:

> 张磊塘善清言,一日赴徐文贞公席,食鲳鱼鳇鱼。庖人误不置醋。张云,仓皇失措。文贞腰扪一虱,以齿毙之,血溅齿上。张云,大率类此。文贞亦解颐。

> 清客以齿毙虱有声,妓哂之。顷妓亦得虱,以添香置炉中而爆。客顾曰,熟了。妓曰,愈于生吃。

这一条笔记是很重要的虱之文献,因为他在说明贵人清客妓女都有扪虱的韵致外,还告诉我们毙虱的方法。《我们是文明么》第二十一章中说:

"正如老鼠离开将沉的船,虱子也会离开将死的人,依照冰地的学说。所以一个没有虱子的爱斯吉摩人是很不安的。这是多么愉快而且适意的事,两个好友互捉头上的虱以为消遣,而且随复庄重地将它们送到所有者的嘴里去。在野蛮世界,这种交互的服务实在是很有趣的游戏。黑龙江边的民族不知道有别的更好的方法,可以表示夫妇的爱情与朋友的交谊。在亚尔泰山及南西伯利亚的突厥人也同样的爱好这个玩意儿。他们的皮衣里满生着虱子,那妙手的土人便永远在那里搜查这些生物,捉到了的时候,咂一咂嘴儿把它们都吃下去。拉得洛夫博士亲自计算过,他的向导在一分钟内捉到八九十匹。在原始民间故事里多讲到这个普遍而且有益的习俗，原是无怪的。"由此可见普通一般毙虱法都是同徐文贞公一样，就是所谓"生吃"的，只可惜"有礼节的欧洲人是否吞咽他们的寄生物查不出证据"，但是我想这总也可以假定是如此罢，因为世上恐怕不会有比这个更好的方法，不过史有阙文，洛威博士不敢轻易断定罢了。

但世间万事都有例外，这里自然也不能免。佛教反对杀生，杀人是四重罪之一，犯者波罗夷不共住，就是杀畜生也犯波逸提罪，他们还注意到水中土中几乎看不出的小虫，那么对于虱子自然也不肯忽略过去。《四分律》卷五十房舍犍度法中云：

"于多人住处拾虱弃地，佛言不应尔。彼上座老病比丘数数起弃虱，疲极，佛言应以器，若氎，若劫贝，若敝物，若绵，拾着中。若虱走出，应作筒盛。彼用宝作筒，佛言不应用宝作筒，听用角牙，若骨，若铁，若铜，若铅锡，若竿蔗草，若竹，若苇，若木，作筒，虱若出，应作盖塞。彼宝作塞，佛言不应用宝作塞，应用牙骨乃至木作，无安处，应以缕系着床脚里。"小林一茶（1763—1827）是日本近代的诗人，又是佛教徒，对于动物同圣芳济一样，几乎有兄弟之爱，他的咏虱的诗句据我所见就有好几句，其中有这样的一首，曾译录在《雨天的书》中，其词曰：

捉到一个虱子，将它揸死固然可怜，要把它舍在门外，让它绝食，也觉得不忍，忽然想到我佛从前给与鬼子母的东西，成此。

虱子呵，放在和我味道一样的石榴上爬着。

这样的待遇在一茶可谓仁至义尽，但虱子恐怕有点觉得不合式，因为像和尚那么吃净素他是不见得很喜欢的。但是，在许多虱子的本事之中，这些算是最有风趣了。佛教虽然也重圣贫，一面也还讲究——这称作清洁未必妥当，或者总叫作"威仪"罢，因此有些法则很是细密有趣，关于虱的处分即其一例，至于一茶则更是浪漫化了一点罢了。中国扪虱的名士无论如何不能到这个境界，也决做不出像一茶那样的许多诗句来，例如——

嘁，虱子呵，爬罢爬罢，向着春天的走向。

实在译不好，就此打住罢。——今天是清明节，野哭之声犹在于耳，回家写这小文，聊以消遣，觉得这倒是颇有意义的事。

民国十九年四月五日，于北平。

附记

友人指示，周密《齐东野语》中有材料可取，于卷十七查得嚼虱一则，今补录于下：

余负日茅檐，分渔樵半席，时见山翁野媪扪身得虱，则致之口中，若将甘心焉，意甚恶之。然揆之于古，亦有说焉。应侯谓秦王曰，得宛临，流阳夏，断河内，临东阳，邯郸犹口中虱。王莽校尉韩威曰，以新室之威而吞胡虏，无异口中蚤虱。陈思王著论亦曰，得虱者莫不劗之齿牙，为害身也。三人皆当时贵人，其言乃尔，则野老嚼虱亦自有典故，可发一笑。

我尝推究嚼虱的原因，觉得并不由于"若将甘心"的意思，其实只因虱子肥白可口，臭虫固然气味不佳，跳蚤又太小一点了，而且放在嘴里跳来跳去，似乎不大容易咬着。今见韩校尉的话，仿佛基督同时的中国人曾两者兼嚼，到得后来才人心不古，取大而舍小，不过我想这个证据未必怎么可靠，恐怕这单是文字的支配，那么跳蚤原来也是一时的陪绑罢了。

四月十三日又记。

两株树

我对于植物比动物还要喜欢，原因是因为我懒，不高兴为了区区视听之娱一日三餐地去饲养照顾，而且我也有点相信"鸟身自为主"的迂论，觉得把他们活物拿来做囚徒当奚奴，不是什么愉快的事，若是草木便没有这些麻烦，让它们直站在那里便好，不但并不感到不自由，并且还真是生了根地不肯再动一动哩。但是要看树木花草也不必一定种在自己的家里，关起门来独赏，让它们在野外路旁，或是在人家粉墙之内也并不妨，只要我偶然经过时能够看见两三眼，也就觉得欣然，很是满足的了。

树木里边我所喜欢的第一种是白杨。小时候读《古诗十九首》，读过"白杨何萧萧，松柏夹广路"之句，但在南方终未见过白杨，后来在北京才初次看见。谢在杭著《五杂组》中云：

"古人墓树多植梧楸，南人多种松柏，北人多种白杨。白杨即青杨也，其树皮白如梧桐，叶似冬青，微风击之辄淅沥有声，故古诗云，白杨多悲风，萧萧愁杀人。予一日宿邹县驿馆中，甫就枕即闻雨声，竟夕不绝，侍儿曰，雨矣。予讶之曰，岂有竟夜雨而无檐溜者？质明视之，乃青杨树也。南方绝无此树。"

《本草纲目》卷三五下引陈藏器曰，"白杨北土极多，人种墟墓间,树大皮白,其无风自动者乃杨杉,非白杨也。"又寇宗奭云,"风才至,叶如大雨声,谓无风自动则无此事,但风微时其叶孤极处则往往独摇,以其蒂长叶重大,势使然也。"王象晋《群芳谱》则云杨有二种,一白杨,一青杨,白杨蒂长两两相对,遇风则籁籁有声,人多植之坟墓间,由此可知白杨与青杨本自有别,但"无风自动"一节却是相同。在史书中关于白杨有这样的两件故事:

《南史·萧惠开传》,"惠开为少府,不得志,寺内斋前花草甚美,悉铲除,别植白杨。"

《唐书·契苾何力传》,"龙翔中司稼少卿梁脩仁新作大明宫,植白杨于庭,示何力曰,此木易成,不数年可芘。何力不答,但诵白杨多悲风萧萧愁杀人之句,脩仁惊悟,更植以桐。"

这样看来,似乎大家对于白杨都没有什样好感。为什么呢?这个理由我不大说得清楚,或者因为它老是籁籁的动的缘故罢。听说苏格兰地方有一种传说,耶稣受难时所用的十字架是用白杨木做的,所以白杨自此以后就永远在发抖,大约是知道自己的罪孽深重。但是做钉的铁却似乎不曾因此有什么罪,黑铁这件东西在法术上还总有点位置的,不知何以这样地有幸有不幸。(但吾乡结婚时忌见铁,凡门窗上铰链等悉用红纸糊盖,又似别有缘故。)我承认白杨种在墟墓间的确很好看,然而种在斋前又何尝不好,它那瑟瑟的响声第一有意思。我在前面的院子里种了一棵,每逢夏秋有客来斋夜话的时候,忽闻淅沥声,多疑是雨下,推户出视,这是别种树所没有的佳处。梁少卿怕白杨的萧萧改种梧桐,其实梧桐也何尝一定吉祥,假如要讲迷信的话，吾乡有一句俗谚云，"梧桐大如斗，主人搬家走"，所以就是别庄花园里也很少种梧桐的。这实在是一件很可惜的事，梧桐的枝干和叶子真好看，且不提那一叶落知天下秋的兴趣了。在我们的后院里却有一棵，不知已经有若干年了，我至今看了它十多年，树干还远不到五合的粗，看它大有黄杨木的神气，虽不厄闰也总长得十分缓慢呢。——因此我想到避忌梧桐大约只是南方的事，在北方或者并没有这句俗谚，在这里梧桐想要如斗大恐怕不是容易的事罢。

第二种树乃是乌桕，这正与白杨相反，似乎只生长于东南，北方很少见。陆龟蒙诗云，"行歇每依鸦舅影"，陆游诗云，"乌桕赤于枫，园林二月中"，又云，"乌桕新添落叶红"，都是江浙乡村的景象。《齐民要术》卷十列"五谷果蓏菜茹非中国物产者"，下注云"聊以存其名目，记其怪异耳，爰及山泽草木任食非人力所种者，悉附于此"，其中有乌臼一项，引《玄中记》云，荆扬有乌臼，其实如鸡头，迮之如胡麻子，其汁味如猪脂。《群芳谱》言，"江浙之人，凡高山大道溪边宅畔无不种"，此外则江西安徽盖亦多有之。关于它的名字，李时珍说，"乌喜食其子，因以名之。……或曰，其木老则根下黑烂成臼，故得此名。"我想这或曰恐太迂曲，此树又名鸦舅，或者与乌不无关系，乡间冬天卖野味有桕子鸟（读如呆鸟字），是道墟地方名物，此物殆是乌类乎，但是其味颇佳，平常所谓鸟肉几乎便指此鸟也。

柏树的特色第一在叶，第二在实。放翁生长稽山镜水间，所以诗中常常说及柏叶，便是那唐朝的张继寒山寺诗所云江枫渔火对愁眠，也是在说这种红叶。王端履著《重论文斋笔录》卷九论及此诗，注云，"江南临水多植乌桕，秋叶饱霜，鲜红可爱，诗人类指为枫，不知枫生山中，性最恶湿，不能种之江畔也。此诗江枫二字亦未免误认耳。"范寅在《越谚》卷中柏树项下说，"十月叶丹，即枫，其子可榨油，农皆植田边"，就把两者误合为一。罗逸长《青山记》云："山之麓朱村，盖考亭之祖居也，自此倚石啸歌，松风上下，遥望木叶着霜如渥丹，始见怪以为红花，久之知为乌桕树也。"《蓬窗续录》云："陆子渊《豫章录》言，饶信间柏树冬初叶落，结子放蜡，每颗作十字裂，一丛有数颗，望之若梅花初绽，枝柯诘曲，多在野水乱石间，远近成林，真可作画。此与柿树俱称美荫，园圃植之最宜。"这两节很能写出柏树之美，它的特色仿佛可以说是中国画的，不过此种景色自从我离了水乡的故国已经有三十年不曾看见了。

柏树子有极大的用处，可以榨油制烛。《越谚》卷中蜡烛条下注曰，"卷芯草干，熬柏油拖蘸成烛，加蜡为皮，盖紫草汁则红。"汪曰桢著《湖雅》卷八中说得更是详细：

"中置烛心，外裹乌桕子油，又以紫草染蜡盖之，曰柏油烛。用棉花子油者曰青油烛，用牛羊油者曰荤油烛。湖俗祀神祭先必燃两炬，皆用红柏烛。婚嫁用之曰喜烛，缀蜡花者曰花烛，祝寿所用曰寿烛，丧家则用绿烛或白烛，亦柏烛也。"

日本寺岛安良编《和汉三才图会》五八引《本草纲目》语云，"烛有蜜蜡烛虫蜡烛牛脂烛柏油烛"，后加案语曰：

"案唐式云少府监每年供蜡烛七十挺，则元以前既有之矣。有数品，而多用木蜡牛脂蜡也。有油桐子蚕豆苍耳子等为蜡者，火易灭。有鲸鲲油为蜡者，其焰甚臭，牛脂蜡亦臭。近年制精，去其臭气，故多以牛蜡伪为木蜡，神佛灯明不可不辨。"

但是近年来蜡烛恐怕已是倒了运，有洋人替我们造了电灯，其次也有洋蜡洋油，除了拿到妙峰山上去之外大约没有它的什么用处了。就是要用蜡烛，反正牛羊脂也凑合可以用得，神佛未必会得见怪，——日本真宗的和尚不是都要娶妻吃肉了么？那么柏油并不再需要，田边水畔的红叶白实不久也将绝迹了罢。这于国民生活上本来没有什么关系，不过在我想起来的时候总还有点怀念，小时候喜读《南方草木状》《岭表录异》和《北户录》等书，这种脾气至今还是存留着，秋天买了一部大板的《本草纲目》，很为我的朋友所笑，其实也只是为了这个缘故罢了。

十九年十二月二十五日，于北平煨药庐。

金　鱼

　　我觉得天下文章共有两种，一种是有题目的，一种是没有题目的。普通做文章大都先有意思，却没有一定的题目，等到意思写出了之后，再把全篇总结一下，将题目补上。这种文章里边似乎容易出些佳作，因为能够比较自由地发表，虽然后写题目是一件难事，有时竟比写本文还要难些。但也有时候，思想散乱不能集中，不知道写什么好，那么先定下一个题目，再做文章，也未始没有好处，不过这有点近于赋得，很有做出试帖诗来的危险罢了。偶然读英国密伦（A.A. Milne）的小品文集，有一处曾这样说，有时排字房来催稿，实在想不出什么东西来写，只好听天由命，翻开字典，随手抓到的就是题目。有一回抓到金鱼，结果果然有一篇《金鱼》收在集里。我想这倒是很有意思的事，也就来一下子，写一篇《金鱼》试试看，反正我也没有什么非说不可的大道理，要尽先发表，那么来做赋得的咏物诗也是无妨，虽然并没有排字房催稿的事情。

　　说到金鱼，我其实是很不喜欢金鱼的，在豢养的小动物里边，我所不喜欢的，依着不喜欢的程度，其名次是叭儿狗，金鱼，鹦鹉。鹦鹉身上穿着大红大绿，满口怪声，很有野蛮气，叭儿狗的身体固然太小，还比不上一只猫，（小学教科书上却还在说，猫比狗小，狗比猫大！）而鼻子尤其耸得难过。我平常不大喜欢耸鼻子的人，虽然那是人为的，暂时的，把鼻子耸动，并没有永久的将它缩作一堆。人的脸上固然不可没有表情，但我想只要淡淡地表示就好，譬如微微一笑，或者在眼光中露出一种感情，——自然，恋爱与死等可以算是例外，无妨有较强烈的表示，但也似乎不必那样掀起鼻子，露出牙齿，仿佛是要咬人的样子。这种嘴脸只好放到影戏里去，反正与我没有关系，因为二十年来我不曾看电影。然而金鱼恰好兼有叭儿狗与鹦鹉二者的特点，它只是不用长绳子牵了在贵夫人的裙边跑，所以减等发落，不然这第一名恐怕准定是它了。

　　我每见金鱼一团肥红的身体，突出两只眼睛，转动不灵地在水中游泳，总会联想到中国的新嫁娘，身穿红布袄裤，扎着裤腿，拐着一对小脚伶俜地走路。我知道自己有一种毛病，最怕看真的，或是类似的小脚。十年前曾写过一篇小文曰《天足》，起头第一句云："我最喜欢看见女人的天足，"曾蒙友人某君所赏识，因为他也是反对"务必脚小"的人。我倒并不是怕做野蛮，现在的世界正如美国洛威教授的一本书名，谁都有"我们是文明么"的疑问，何况我们这道统国，剐呀割呀都是常事，无论个人怎么努力，这个野蛮的头衔休想去掉，实在凡是稍有自知之明，不是夸大狂的人，恐怕也就不大有想去掉的这种野心与妄想。小脚女人所引起的另一种感想乃是残废，这是极不愉快的事，正如驼背或脖子上挂着一个大瘤，假如这是天然的，我们不能说是嫌恶，但总之至少不喜欢看总是确实的了。有谁会赏鉴驼背或大瘤呢？金鱼突出眼睛，便是这一类的现象。另外有叫做绯鲤的，大约是它的表兄弟罢，一样的穿着大红棉袄，只是不开衩，眼睛也是平平地装在脑袋瓜儿里边，并不比平常的鱼更为鼓出，因此可见金鱼的眼睛是一种残疾，无论碰在水草上时容易戳瞎乌珠，就是平常也一定近视的了不得，要吃馒头末屑也不大方便罢。照中国人喜欢小脚的常例推去，金鱼之爱可以说宜乎众矣，但在不佞实在是两者都不敢爱，我所爱的还只是平常的鱼而已。

想象有一个大池，——池非大不可，须有活水，池底有种种水草才行，如从前碧云寺的那个石池，虽然老实说起来，人造的死海似的水洼都没有多大意思，就是三海也是俗气寒伧气，无论这是哪一个大皇帝所造，因为皇帝压根儿就非俗恶粗暴不可，假如他有点儿懂得风趣，那就得亡国完事，至于那些俗恶的朋友也会亡国，那是另一回事。如今话又说回来，一个大池，里边如养着鱼，那最好是天空或水的颜色的，如鲫鱼，其次是鲤鱼。我这样的分等级，好像是以肉的味道为标准，其实不然。我想水里游泳着的鱼应当是暗黑色的才好，身体又不可太大，人家从水上看下去，窥探好久，才看见隐隐的一条在那里，有时或者简直就在你的鼻子前面，等一忽儿却又不见了，这比一件红冬冬的东西渐渐地近摆来，好像望那西湖里的广告船，（据说是点着红灯笼，打着鼓，）随后又渐渐地远开去，更为有趣得多。鲫鱼便具备这种资格，鲤鱼未免个儿太大一点，但他是要跳龙门去的，这又难怪他。此外有些白鲦，细长银白的身体，游来游去，仿佛是东海海边的泥鳅龙船，有时候不知为什么事出了惊，拨刺地翻身即逝，银光照眼，也能增加水界的活气。在这样地方，无论是金鱼，就是平眼的绯鲤，也是不适宜的。红袄裤的新嫁娘，如其脚是小的，那只好就请她在炕上爬或坐着，即使不然，也还是坐在房中，在油漆气芸香或花露水气中，比较地可以得到一种调和。所以金鱼的去处还是富贵人家的绣房，浸在五彩的磁缸中，或是玻璃的圆球里，去和叭儿狗与鹦鹉做伴侣罢了。

几个月没有写文章，天下的形势似乎已经大变了，有志要做新文学的人，非多讲某一套话不容易出色。我本来不是文人，这些时式的变迁，好歹于我无干，但以旁观者的地位看去，我倒是觉得可以赞成的。为什么呢？文学上永久有两种潮流，言志与载道。二者之中，则载道易而言志难。我写这篇赋得金鱼，原是有题目的文章，与帖括有点相近，盖已少言志而多载道软。我虽未敢自附于新文学之末，但自己觉得颇有时新的意味，故附记于此，以志作风之转变云耳。

十九年三月十日

苋菜梗

近日从乡人处分得腌苋菜梗来吃，对于苋菜仿佛有一种旧雨之感。苋菜在南方是平民生活上几乎没有一天缺的东西，北方却似乎少有，虽然在北平近来也可以吃到嫩苋菜了。查《齐民要术》中便没有讲到，只在卷十列有人苋一条，引《尔雅》郭注，但这一卷所讲都是"五谷果蓏菜茹非中国物产者"，而《南史》中则常有此物出现，如《王智深传》云，"智深家贫无人事，尝饿五日不得食，掘苋根食之"，又《蔡樽附传》云，"樽在吴兴不饮郡斋井，斋前自种白苋紫茄以为常饵，诏褒其清。"都是很好的例。

苋菜据《本草纲目》说共有五种，马齿苋在外。苏颂曰："人苋白苋俱大寒，其实一也，但大者为白苋，小者为人苋耳，其子霜后方熟，细而色黑。紫苋叶通紫，吴人用染爪者，诸苋中唯此无毒不寒。赤苋亦谓之花苋，茎叶深赤，根茎亦可糟藏，食之甚美味辛。五色苋今亦稀有，细苋俗谓之野苋，猪好食之，又名猪苋。"李时珍曰，"苋并三月撒种，六月以后不堪食，老则抽茎如人长，开细花成穗，穗中细子扁而光黑，与青箱子鸡冠子无别，九月收之。"《尔雅·释草》，"黄赤苋"，郭注云，"今之苋赤茎者"，郝懿行疏乃云，"今验赤苋茎叶纯紫，浓如燕支，根浅赤色，人家或种以饰园庭，不堪啖也。"照我们经验来说，嫩的紫苋固然可以瀹食，但是"糟藏"的却都用白苋，这原只是一乡的习俗，不过别处的我不知道，所以不能拿来比较了。

说到苋菜同时就不能不想到甲鱼。《学圃余疏》云，"苋有红白二种，素食者便之，肉食者忌与鳖共食。"《本草纲目》引张鼎曰，"不可与鳖同食，生鳖瘕，又取鳖肉如豆大，以苋菜封裹置土坑内，以土盖之，一宿尽变成小鳖也。"其下接联地引汪机曰，"此说屡试不验。"《群芳谱》采张氏的话稍加删改，而末云"即变小鳖"之后却接写一句"试之屡验"，与原文比较来看未免有点滑稽。这种神异的物类感应，读了的人大抵觉得很是好奇，除了雀入大水为蛤之类无可着手外，总想怎么来试他一试，苋菜鳖肉反正都是易得的材料，一经实验便自分出真假，虽然也有越试越糊涂的，如《酉阳杂俎》所记，"蝉未脱时名复育，秀才韦翱庄在杜曲，常冬中掘树根，见复育附于朽处，怪之，村人言蝉固朽木所化也，翱因剖一视之，腹中犹实烂木。"这正如剖鸡胃中皆米粒，遂说鸡是白米所化也。苋菜与甲鱼同吃，在三十年前曾和一位族叔试过，现在族叔已将七十了，听说还健在，我也不曾肚痛，那么鳖瘕之说或者也可以归入不验之列了罢。

苋菜梗的制法须俟其"抽茎如人长"，肌肉充实的时候，去叶取梗，切作寸许长短，用盐腌藏瓦坛中，候发酵即成，生熟皆可食。平民几乎家家皆制，每食必备，与干菜腌菜及螺蛳霉豆腐千张等为日用的副食物，苋菜梗卤中又可浸豆腐干，卤可蒸豆腐，味与"溜豆腐"相似，稍带枯涩，别有一种山野之趣。读外乡人游越的文章，大抵众口一词地讥笑上人之臭食，其实这是不足怪的，绍兴中等以下的人家大都能安贫贱，敝衣恶食，终岁勤劳，其所食者除米而外唯菜与盐，盖亦自然之势耳。干腌者有干菜，湿腌者以腌菜及苋菜梗为大宗，一年间的"下饭"差不多都在这里，《诗》云，我有旨蓄，可以御冬，是之谓也，至于存置日久，干腌者别无问题，湿腌则难免气味变化，顾气味有变而亦别具风味，此亦是事实，原无须引西洋干酪为例者也。

《邵氏闻见录》云，汪信民常言，人常咬得菜根则百事可做，胡康侯闻之击节叹赏。俗语亦云，布衣暖，菜根香，读书滋味长。明洪应明遂作《菜根谭》以骈语述格言，《醉古堂剑扫》与《婆罗馆清言》亦均如此，可见此体之流行一时了。咬得菜根，吾乡的平民足以当之，所谓菜根者当然包括白菜芥菜头，萝葡芋艿之类，而苋菜梗亦附其下，至于苋根虽然救了王智深的一命，实在却无可吃，因为在只是梗的末端罢了，或者这里就是梗的别称也未可知。咬了菜根是否百事可做，我不能确说，但是我觉得这是颇有意义的，第一可以食贫，第二可以习苦，而实在却也有清淡的滋味，并没有载这样难吃，胆这样难尝。这个年头儿人们似乎应该学得略略吃得起苦才好。中国的青年有些太娇养了，大抵连冷东西都不会吃，水果冰激凌除外，我真替他们忧虑，将来如何上得前敌，至于那粉泽不去手，和穿红里子的夹袍的更不必说了。其实我也并不激烈地想禁止跳舞或抽白面，我知道在乱世的生活中耽溺亦是其一，不满于现世社会制度而无从反抗，往往沉浸于醇酒妇人以解忧闷，与中山饿夫殊途而同归，后之人略迹原心，也不敢加以菲薄，不过这也只是近于豪杰之徒才可以，决不是我们凡人所得以援引的而已。——喔，似乎离本题太远了，还是就此打住，有话改天换了题目再谈罢。

二十年十月二十六日，于北平。

水里的东西

　　我是在水乡生长的，所以对于水未免有点情分。学者们说，人类曾经做过水族，小儿喜欢弄水，便是这个缘故。我的原因大约没有这样远，恐怕这只是一种习惯罢了。

　　水，有什么可爱呢？这件事是说来话长，而且我也有点儿说不上来。我现在所想说的单是水里的东西。水里有鱼虾，螺蚌，茭白，菱角，都是值得记忆的，只是没有这些工夫来一一纪录下来，经了好几天的考虑，决心将动植物暂且除外。——那么，是不是想来谈水底里的矿物类么？不，决不。我所想说的，连我自己也不明白它是那一类，也不知道它究竟是死的还是活的，它是这么一种奇怪的东西。

　　我们乡间称它作Chosychiu，写出字来就是"河水鬼"。它是溺死的人的鬼魂。既然是五伤之一，——五伤大约是水、火、刀、绳、毒罢，但我记得又有虎伤似乎在内，有点弄不清楚了，总之水死是其一，这是无可疑的，所以它照例应"讨替代"。听说吊死鬼时常骗人从圆窗伸出头去，看外面的美景，（还是美人？）倘若这人该死，头一伸时可就上了当，再也缩不回来了。河水鬼的法门也就差不多是这一类，它每幻化为种种物件，浮在岸边，人如伸手想去捞取，便会被拉下去，虽然看来似乎是他自己钻下去的。假如吊死鬼是以色迷，那么河水鬼可以说是以利诱了。它平常喜欢变什么东西，我没有打听清楚，我所记得的只是说变"花棒槌"，这是一种玩具，我在儿时听见所以特别留意，至于所以变这玩具的用意，或者是专以引诱小儿亦未可知。但有时候它也用武力，往往有乡人游泳，忽然沉了下去，这些人都是像虾蟆一样地"识水"的，论理决不会失足，所以这显然是河水鬼的勾当，只有外道才相信是由于什么脚筋拘挛或心脏麻痹之故。

照例，死于非命的应该超度，大约总是念经拜忏之类，最好自然是"翻九楼"，不过翻的人如不高妙，从七七四十九张桌子上跌了下来的时候，那便别样地死于非命，又非另行超度不可了。翻九楼或拜忏之后，鬼魂理应已经得度，不必再讨替代了，但为防万一危险计，在出事地点再立一石幢，上面刻南无阿弥陀佛六字，或者也有刻别的文句的罢，我却记不起来了。在乡下走路，突然遇见这样的石幢，不是一件很愉快的事，特别是在傍晚，独自走到渡头，正要下四方的渡船亲自拉船索渡过去的时候。

话虽如此，此时也只是毛骨略略有点耸然，对于河水鬼却压根儿没有什么怕，而且还简直有点儿可以说是亲近之感。水乡的住民对于别的死或者一样地怕，但是淹死似乎是例外，实在怕也怕不得许多，俗语云，瓦罐不离井上破，将军难免阵前亡，如住水乡而怕水，那么只好搬到山上去，虽然那里又有别的东西等着，老虎、马熊。我在大风暴中渡过几回大树港，坐在二尺宽的小船内在白鹅似的浪上乱滚，转眼就可以沉到底去，可是像烈士那样从容地坐着，实在觉得比大元帅时代在北京还要不感到恐怖。还有一层，河水鬼的样子也很有点爱娇。普通的鬼保存它死时的形状，譬如虎伤鬼之一定大声喊阿唷，被杀者之必用一只手提了它自己的六斤四两的头之类，唯独河水鬼则不然，无论老的小的村的俊的，一掉到水里去就都变成一个样子，据说是身体矮小，很像是一个小孩子，平常三五成群，在岸上柳树下"顿铜钱"，正如街头的野孩子一样，一被惊动便跳下水去，有如一群青蛙，只有这个不同，青蛙跳时"不东"的有水响，有波纹，它们没有。为什么老年的河水鬼也喜欢摊钱之戏呢？这个，乡下懂事的老辈没有说明给我听过，我也没有本领自己去找到说明。

　　我在这里便联想到了在日本的它的同类。在那边称作"河童"，读如 Kappa，说是 Kawawappa 之略，意思即是川童二字，仿佛芥川龙之介有过这样名字的一部小说，中国有人译为"河伯"，似乎不大妥帖。这与河水鬼有一个极大的不同，因为河童是一种生物，近于人鱼或海和尚。它与河水鬼相同要拉人下水，但也喜欢拉马，喜欢和人角力。它的形状大概如猿猴，色青黑，手足如鸭掌，头顶下凹如碟子，碟中有水时其力无敌，水涸则软弱无力，顶际有毛发一圈，状如前刘海，日本儿童有蓄此种发者至今称作河童发云。柳田国男在《山岛民谭集》（1914）中有一篇"河童驹引"的研究，冈田建文的《动物界灵异志》（1927）第三章也是讲河童的，他相信河童是实有的动物，引《幽明录》云，"水蝹一名蝹童，一名水精，裸形人身，长三五尺，大小不一，眼耳鼻舌唇皆具，头上戴一盆，受水三五升，只得水勇猛，失水则无勇力，"以为就是日本的河童。关于这个问题我们无从考证，但想到河水鬼特别不像别的鬼的形状，却一律地状如小儿，仿佛也另有意义，即使与日本河童的迷信没有什么关系，或者也有水中怪物的分子混在里边，未必纯粹是关于鬼的迷信了罢。十八世纪的人写文章，末后常加上一个尾巴，说明寓意，现在觉得也有这个必要，所以添写几句在这里。人家要怀疑，即使如何有闲，何至于谈到河水鬼去呢？是的，河水鬼大可不谈，但是河水鬼的信仰以及有这信仰的人却是值得注意的。我们平常只会梦想，所见的或是天堂，或是地狱，但总不大愿意来望一望这凡俗的人世，看这上边有些什么人，是怎么想。社会人类学与民俗学是这一角落的明灯，不过在中国自然还不发达，也还不知道将来会不会发达。我愿意使河水鬼来做个先锋，引起大家对于这方面的调查与研究之兴趣。我想恐怕喜欢顿铜钱的小鬼没有这样力量，我自己又不能做研究考证的文章，便写了这样一篇闲话，要想去抛砖引玉实在有点惭愧。但总之关于这方面是"伫候明教"。

十九年五月

偶然的片刻优游断不可少

隅卿纪念

隅卿去世于今倏忽三个月了。当时我就想写一篇小文章纪念他，一直没有能写，现在虽然也还是写不出，但是觉得似乎不能再迟下去了。日前遇见叔平，知道隅卿已于上月在宁波安厝，那么他的体魄便已永久与北平隔绝，真有去者日以疏之惧。陶渊明《拟挽歌辞》云：

> 向来相送人，各自还其家。
> 亲戚或余悲，他人亦已歌。

何其言之旷达而悲哀耶。恐隅卿亦有此感，我故急急地想写出了此文也。

我与隅卿相识大约在民国十年左右，但直到十四年我担任了孔德学校中学部的两班功课，我们才时常相见。当时系与玄同尹默包办国文功课，我任作文读书，曾经给学生讲过一部《孟子》《颜氏家训》，和几卷《东坡尺牍》。隅卿则是总务长的地位，整天坐在他的办公室里，又正在替孔德图书馆买书，周围堆满了旧书头本，常在和书贾交涉谈判。我们下课后便跑去闲谈，虽然知道很妨害他的办公，可是也总不能改，除我与玄同以外还有王品青君，其时他也在教书，随后又添上了建功耀辰，聚在一起常常谈上大半天。闲谈不够，还要大吃，有时也叫厨房开饭，平常大抵往外边去要，最普通的是森隆，一亚一，后来又有玉华台。民十七以后移在宗人府办公，有一天夏秋之交的晚上，我们几个人在屋外高台上喝啤酒汽水谈天一直到夜深，说起来大家都还不能忘记，但是光阴荏苒，一年一年地过去，不但如此盛会于今不可复得，就是那时候大家的勇气与希望也已消灭殆尽了。

隅卿多年办孔德学校，费了许多的心，也吃了许多的苦。隅卿是不是老同盟会我不曾问过他，但看他含有多量革命的热血，这有一半盖是对于国民党解放运动的响应，却有一大半或由于对北洋派专制政治的反抗。我们在一起的几年里，看见隅卿好几期的活动，在"执政"治下有三一八时期与直鲁军时期的悲苦与屈辱，军警露刃迫胁他退出宗人府，不久连北河沿的校舍也几被没收，到了"大元帅"治下好像是疗疮已经肿透离出毒不远了，所以减少沉闷而发生期待，觉得黑暗还是压不死人的。奉军退出北京的那几天他又是多么兴奋，亲自跑出西直门外去看姗姗其来的山西军，学校门外的青天白日旗恐怕也是北京城里最早的一张吧。光明到来了，他回到宗人府去办起学校来，我们也可以去闲谈了几年。可是北平的情形愈弄愈不行，隅卿于二十年秋休假往南方，接着就是九一八事件，通州密云成了边塞，二十二年冬他回北平来专管孔德图书馆，那时复古的浊气又已弥漫国中，到了二十四年春他也就与世长辞了。孔德学校的教育方针向来是比较地解放的向前的，在现今的风潮中似乎最难于适应，这是一个难问题，不过隅卿早死了一年，不及见他亲手苦心经营的学校里学生要从新男女分了班去读经做古文，使他比在章士钊刘哲时代更为难过，那也可以说是不幸中之大幸了罢。

隅卿的专门研究是明清的小说戏曲，此外又搜集四明的明末文献。末了的这件事是受了清末的民族革命运动的影响，大抵现今的中年人都有过这种经验，不过表现略有不同，如七先生写到清乾隆帝必称曰弘历亦是其一。因为这些小说戏曲从来是不登大雅之堂的，所以隅卿自称曰不登大雅文库，后来得到一部二十回本的《平妖传》，又称平妖堂主人，尝复刻书中插画为笺纸，大如册页，分得一匣，珍惜不敢用，又别有一种画笺，似刻成未印，今不可得矣。居南方时得话本二册，题曰《雨窗集》《欹枕集》，审定为清平山堂同型之本，旧藏天一阁者也，因影印行世，请兼士书额云雨窗欹枕室，友人或戏称之为雨窗先生。隅卿用功甚勤，所为札记及考订甚多，平素过于谦退不肯发表，尝考冯梦龙事迹著作甚详备，又抄集遗文成一卷，屡劝其付印亦未允。吾乡朱君得冯梦龙编《山歌》十卷，为《童痴二弄》之一种，以抄本见示令写小序，我草草写了一篇，并嘱隅卿一考证之，隅卿应诺，假抄本去影写一过，且加丹黄，及亦未及写成，惜哉。龙子犹殆亦命薄如纸不亚于袁中郎，竟不得隅卿为作佳传以一发其幽光耶。

隅卿行九，故尝题其札记曰《劳久笔记》。马府上的诸位弟兄我都相识，二先生幼渔是国学讲习会的同学，民国元年我在浙江教育司的楼上"卧治"的时候他也在那里做视学，认识最早，四先生叔平，五先生季明，七先生太玄居士，也都很熟，隅卿因为孔德学校的关系，见面的机会所以更特别的多。但是隅卿无论怎样地熟习，相见还是很客气地叫启明先生，这我当初听了觉得有点局促，后来听他叫玄同似乎有时也是如此，就渐渐习惯了，这可以见他性情上拘谨的一方面，与喜谈谐的另一方面是同样地很有意思的。今年一月我听朋友说，隅卿因怕血压高现在戒肉食了，我笑说道，他是老九，这还早呢。但是不到一个月光景，他真死了，二月十七日蓝少鞌先生在东兴楼请吃午饭，在那里遇见隅卿幼渔，下午就一同去看厂甸，我得了一册木板的《訄书》，此外还有些黄虎痴的《湖南风物志》与王西庄的《练川杂咏》等，傍晚便在来薰阁书店作别。听说那天晚上同了来薰阁主人陈君去看戏，第二天是阴历上元，他还出去看街上的灯，一直兴致很好，到了十九日下午往北京大学去上小说史的课，以脑出血卒。当天夜里我得到王淑周先生的电话，同丰一雇了汽车到协和医院去看，已经来不及了。次日大殓时又去一看，二十一日在上官菜园观音院接三，送去一副挽联，只有十四个字：

　　月夜看灯才一梦，
　　雨窗欹枕更何人。

中年以后丧朋友是很可悲的事，有如古书，少一部就少一部，此意惜难得恰好地表达出，挽联亦只能写得像一副挽联就算了。

半农纪念

　　七月十五日夜我们到东京，次日定居本乡菊坂町。二十日我同妻出去，在大森等处跑了一天，傍晚回寓，却见梁宗岱先生和陈女士已在那里相候。谈次陈女士说在南京看见报载刘半农先生去世的消息，我们听了觉得不相信，徐耀辰先生在座也说这恐怕是别一个刘复吧，但陈女士说报上记的不是刘复而是刘半农，又说北京大学给他照料治丧，可见这是不会错的了。我们将离开北平的时候，知道半农往绥远方面旅行去了，前后相去不过十日，却又听说他病死了已有七天了。世事虽然本来是不可测的，但这实在来得太突然，只觉得出于意外，惘然若失而外，别无什么话可说。

　　半农和我是十多年的老朋友，这回半农的死对于我是一个老友的丧失，我所感到的也是朋友的哀感，这很难得用笔墨记录下来。朋友的交情可以深厚，而这种悲哀总是淡泊而平定的，与夫妇子女间沉挚激越者不同，然而这两者却是同样地难以文字表示得恰好。假如我同半农要疏一点，那么我就容易说话，当作一个学者或文人去看，随意说一番都不要紧。很熟的朋友却只作一整个的人看，所知道的又太多了，要想分析想挑选了说极难着手，而且褒贬稍差一点分量，心里完全明了，就觉得不诚实，比不说还要不好。荏苒四个多月过去了，除了七月二十四日写了一封信给半农的长女小蕙女士外，什么文章都没有写，虽然有三四处定期刊物叫我做纪念的文章，都谢绝了，因为实在写不出。九月十四日，半农死后整两个月，在北京大学举行追悼会，不得不送一副挽联，我也只得写这样平凡的几句话去：

> 十七年尔汝旧交，追忆还从卯字号。
>
> 廿余日驰驱大漠，归来竟作丁令威。

这是很空虚的话，只是仪式上所需的一种装饰的表示而已。学校决定要我充当致辞者之一，我也不好拒绝，但是我仍是明白我的不胜任，我只能说说临时想出来的半农的两种好处。其一是半农的真。他不装假，肯说话，不投机，不怕骂，一方面却是天真烂缦，对什么人都无恶意。其二是半农的杂学。他的专门是语音学。但他的兴趣很广博，文学美术他都喜欢，做诗，写字，照相，搜书，讲文法，谈音乐。有人或者嫌他杂，我觉得这正是好处，方面广，理解多，于处世和治学都有用，不过在思想统一的时代自然有点不合式。我所能说者也就是极平凡的这寥寥几句。

前日阅《人间世》第十六期，看见半农遗稿《双凤凰专斋小品文》之五十四，读了很有所感。其题目曰《记砚兄之称》，文云：

"余与知堂老人每以砚兄相称，不知者或以为儿时同窗友也。其实余二人相识，余已二十七，岂明已三十三。时余穿鱼皮鞋，犹存上海少年滑头气，岂明则蓄浓髭，戴大绒帽，披马夫式大衣，俨然一俄国英雄也。越十年，红胡入关主政，北新封，《语丝》停，李丹忱捕，余与岂明同避菜厂胡同一友人家。小厢三楹，中为膳食所，左为寝室，席地而卧，右为书室，室仅一桌，桌仅一砚。寝，食，相对枯坐而外，低头共砚写文而已，砚兄之称自此始。居停主人不许多友来视，能来者余妻岂明妻而外，仅有徐耀辰兄传递外间消息，日或三四至也。时为民国十六年，以十月二十四日去，越一星期归，今日思之，亦如梦中矣。"

　　这文章写得颇好，文章里边存着作者的性格，读了如见半农其人。民国六年春间我来北京，在《新青年》中初见到半农的文章，那时他还在南方，留下一种很深的印象，这是几篇《灵霞馆笔记》，觉得有清新的生气，这在别人笔下是没有的。现在读这遗文，恍然记及十七年前的事，清新的生气仍在，虽然更加上一点苍老与着实了。但是时光过得真快，鱼皮鞋子的故事在今日活着的人里只有我和玄同还知道吧，而菜厂胡同一节说起来也有车过腹痛之感了。前年冬天半农同我谈到蒙难纪念，问这是那一天，我查旧日记，恰巧民国十六年中有几个月不曾写，于是查对《语丝》末期出版月日等等，查出这是在十月二十四，半农就说下回我们要大举请客来作纪念，我当然赞成他的提议。去年十月不知道怎么一混大家都忘记了，今年夏天半农在电话里还说起，去年可惜又忘记了，今年一定要举行。然而半农在七月十四日就死了，计算到十月二十四恰是一百天。

昔时笔祸同蒙难，菜厂幽居亦可怜。

算到今年逢百日，寒泉一盏荐君前。

这是我所作的打油诗，九月中只写了两首，所以在追悼会上不曾用，今见半农此文，便拿来题在后面。所云菜厂在北河沿之东，是土肥原的旧居，居停主人即土肥原的后任某少佐也，秋天在东京本想去访问一下，告诉他半农的消息，后来听说他在长崎，没有能见到。

还有一首打油诗，是拟近来很时髦的浏阳体的，结果自然是仍旧拟不像，其辞曰：

漫云一死恩仇泯，海上微闻有笑声。

空向刀山长作揖，阿旁牛首太狰狞。

半农从前写过一篇《作揖主义》，反招了许多人的咒骂。我看他实在并不想侵犯别人，但是人家总喜欢骂他，仿佛在他死后还有人骂。本来骂人没有什么要紧，何况又是死人，无论骂人或颂扬人，里边所表示出来的反正都是自己。我们为了交谊的关系，有时感到不平，实在是一种旧的惯性，倒还是看了自己反省要紧。譬如我现在来写纪念半农的文章，固然并不想骂他，就是空虚地说上好些好话，于半农了无损益，只是自己出乖露丑。所以我今日只能说这些闲话，说的还是自己，至多是与半农的关系罢了，至于目的虽然仍是纪念半农。半农是我的老朋友之一，我很悼惜他的死。在有些不会赶时髦结识新相好的人，老朋友的丧失实在是最可悼惜的事。

民国二十三年十一月三十日，于北平苦茶庵记。

（1934年12月20日刊于《人间世》第十八期，署名知堂）

关于林琴南

　　整整的十年前，民国十三年十一月中，我曾经写过这一篇小文，纪念林琴南之死：

　　"林琴南先生死了。五六年前，他卫道，卫古文，与《新青年》里的朋友大斗其法，后来他老先生气极了，做了一篇有名的小说《荆生》，大骂新文学家的毁弃伦常，于是这场战事告终，林先生的名誉也一时扫地了。林先生确是清室孝廉，那篇《蠡叟丛谈》也不免做的有点卑劣，但他在中国文学上的功绩是不可泯没的。胡适之先生在《五十年来中国之文学》里说，《茶花女》的成绩遂替古文开辟一个新殖民地，又说，古文的应用自司马迁以来，从没有这样大的成绩。别一方面，他介绍外国文学，虽然用了班马的古文，其努力与成绩决不在任何人之下。1901年所译《黑奴吁天录》例言之六云，是书开场伏脉接笋结穴，处处均得古文家义法，虽似说的可笑，但他的意思是想使学者因此勿遽贬西书谓其文境不如中国也。却是很可感的居心。老实说，我们几乎都因了林译才知道外国有小说，引起一点对于外国文学的兴味，我个人还曾经颇模仿过他的译文。他所译的百余种小说中当然玉石混淆，有许多是无价值的作品，但世界名著实也不少，达孚的《鲁滨孙漂流记》，司各得的《劫后英雄略》，迭更司的《块肉余生述》，小仲马的《茶花女》，圣彼得的《离恨天》，都是英法的名作，此外欧文的《拊掌录》，斯威夫德的《海外轩渠录》，虽然译的不好，也是古今有名的原本，由林先生的介绍才入中国。文学革命以后，人人都有了骂林先生的权利，但没有人像他那样的尽力于介绍外国文学，译过几本世界的名著。中国现在连人力车夫都说英文，专门的英语家也是车载斗量，在社会上出尽风头，——但是，英国文学的杰作呢？除了林先生的几本古文译本以外可有些什么。……我们回想头脑陈旧，文笔古怪，又是不懂原文的林先生，在过去二十年中竟译出了好好丑丑这百余种小说，再回头一看我们趾高气扬而懒惰的青年，真正惭愧煞人。林先生不懂什么文学和主义，只是他这种忠于他的工作的精神，终是我们的师，这个我不惜承认，虽然有时也有爱真理过于爱我们的师的时候。"

现在整整的十年过去了，死者真是墓木已拱了，文坛上忽然又记念起林琴南来，这是颇有意思的事情。我想这可以有两种说法。其一是节取，说他的介绍外国文学的工作是可贵的，如上边所说那样。但这个说法实在乃是指桑骂槐，称赞老头子那么样用功即是指斥小伙子的懒惰。在十年前的确可以这样说，近来却是情形不同了，大家只愁译了书没处出版，我就知道有些人藏着二三十万字的译稿送不出去，因为书店忙于出教科书了，一面又听说青年们不要看文艺书了，也不能销。照此刻情形看来，表彰林琴南的翻译的功劳，用以激励后进，实在是可以不必。其二是全取，便是说他一切都是好的，卫道，卫古文，以至想凭借武力来剪除思想文艺上的异端。无论是在什么时代，这种办法总不见得可以称赞吧，特别是在智识阶级的绅士淑女看去。然而——如何？

我在《人间世》第十四十六这两期上看见了两篇讲林琴南的文章，都在"今人志"中，都是称赞不绝口的。十六期的一篇盛称其古文，讲翻译小说则云，"所译者与原文有出入，而原文实无其精彩。"这与十四期所说，"与原文虽有出入，却很能传出原文的精神"，正是同样的绝妙的妙语。那一位懂英文的人有点闲空，请就近拿一本欧文的Sketch Book与林译《拊掌录》对照一两篇看，其与原文有出入处怎样地能传出原文的精神或比原文怎样地更有精彩，告诉我们，也好增加点见识。十四期中赞美林琴南的古文好与忠于清室以外，还很推崇他维持中国旧文化的苦心。

这一段话我细细地看了两遍，终于不很明白。我想即使那些真足以代表中国的旧文化，林琴南所想维持者也决不是这个，他实在只拥护三纲而已，看致蔡鹤卿书可知。《新申报》上的《蠡叟丛谈》可惜没有单行。崇拜林琴南者总非拜读这名著一遍不可，如拜读了仍是崇拜，这乃是死心塌地的林派，我们便承认是隔教，不再多话，看见只好作揖而已。

二十四[1]年十二月

（1934年12月3日刊于《华北日报》，署名难知）

---

1 "四"，应为"三"之误。

与谢野先生纪念

在北平的报纸上见到东京电报，知道与谢野宽先生于三月二十六日去世了。不久以前刚听见坪内逍遥先生的噩耗，今又接与谢野先生的讣报，真令人不胜感叹。

我们在明治四十年前后留学东京的人，对于明治时代文学大抵特别感到一种亲近与怀念。这有种种方面，但是最重要的也就只是这文坛的几位巨匠，如以《保登登几寿》（义曰杜鹃）为本据的夏目漱石高滨虚子，《早稻田文学》的坪内逍遥岛村抱月，《明星》，《寿波留》（义曰昴星），《三田文学》的森鸥外上田敏永井荷风与谢野宽，诸位先生。三十年的时光匆匆的过去，大正昭和时代相继兴起，各自有其光华，不能相掩盖，而在我们自己却总觉得少年时代所接触的最可留恋，有时连杂志也仿佛那时看见的最好，这虽然未免有点近于竺旧，但也是人情之常吧。我因为不大懂得戏剧，对于坪内先生毕生的业绩不曾很接近，其他各位先生的文章比较的多读一点，虽然外国文学里韵文原来不是容易懂的，我关于这些又只是一知半解而已。不过大约因为文化相近的缘故，我总觉得日本文学于我们中国人也比较相近，如短歌俳句以及稍富日本趣味的散文与小说也均能多少使我们了解与享受，这是我们想起来觉得很是愉快的。可是明治时代早已成为过去，那些巨匠也逐渐的去世，现今存在的已只有两三位先生，而与谢野先生则是最近离我们而去的一位了。

与谢野先生夫妻两位自创立新诗社后在日本诗歌上所留下的功绩，那是文学史上明显的事实，不必赘述，也不是外国的读者所能妄加意见的。但是我对于与谢野先生，在普通对于自己所钦佩的文学者之感激与悼叹外，还特别有一种感念，这便是关于与谢野先生日本语原研究的事业的。十年前在与谢野先生所印行的"日本古典全集"中看见《狩谷掖斋全集》，其第三卷内有一篇《转注说》，上边加上一篇与谢野先生的《转注说大概》，其末节有云：

"远自有史以前与支那大陆有所交涉的我们日本人，在思想上，言语文字文章上，其他百般文化上，与彼国的言语文字典籍有最深切的关系。特别是在像自己这样要在支那各州的古音里求到国语的原委的一个学徒，这事更是痛切地感到，但这姑且不谈，就是为那研究东方的史学哲学文学想要了知本国的传统文化而溯其渊源的青年国民计，支那字原之研究也是必要，这正如欲深究欧洲的学问艺术宗教及其他百般文物者非追求拉丁希腊的言语不可。但是在明治以来倾向于浅薄的便宜主义的国情上，遂有提唱汉字的限制与略字的使用，强制用那无视语原学的拼法这种现象发生，甚属遗憾。今见掖斋所遗的业绩，自己不得不望有继承这些先哲之学术的努力的挚实的后学之辈出了。"与谢野先生的语原研究的大业据报上说尚未完成，我们也只在《冬柏》等上边略闻绪论，与松村任三先生的意见异同如何亦非浅学所能审，此类千秋事业成就非易，固可惋惜，但我所觉得可以尊重者还是与谢野先生的这种努力，虽事业未成而意义则甚重大也。中日两国文化关系之深密诚如与谢野先生所言，因为这个缘故我们中国人要想了解日本的文学艺术固然要比西洋人更为容易，就是研究本国的文物也处处可以在日本得到参照比校的资料，有如研究希腊古文化者之于罗马，此与上文所说正为表里。与谢野先生晚年的事业已不仅限于文艺范围，在学问界上有甚深意义，其所主张不特在日本即在中国亦有同样的重要，使两国人知道有互相研究与理解之必要，其关系决非浅鲜。这回与谢野先生的长逝所以不但是日本文坛的损失，还是失了中日学问上的一个巨大的连锁，我们对于与谢野先生也不单是为了少时读书景仰的缘故，还又为了中国学界的丧失良友而不能不加倍地表示悼惜者也。

明治四十年顷在东京留学，只诵读与谢野先生夫妻两位的书，未得一见颜色。民国十四五年时与谢野先生来游中国，值华北有战事，至天津而止，不曾来北京。去年夏天我到东京去，与谢野先生在海滨避暑，又未得相见，至今忽闻讣报，遂永不得见矣，念之怅然，辄写小文，聊为纪念。

中华民国二十四年四月三日，于北平。

（1935年4月24日刊于《益世报》，署名知堂）

玄同¹纪念

玄同于一月十七日去世，于今百日矣。此百日中，不晓得有过多少次，摊纸执笔，想要写一篇小文给他作纪念，但是每次总是沉吟一回，又复中止。我觉得这无从下笔。第一，因为我认识玄同很久，从光绪戊申在民报社相见以来，至今已是三十二年，这其间的事情实在太多了，要挑选一点来讲，极是困难。——要写只好写长篇，想到就写，将来再整理，但这是长期的工作，现在我还没有这余裕。第二，因为我自己暂时不想说话。《东山谈苑》记倪元镇为张士信所窘辱，绝口不言，或问之，元镇曰，一说便俗。这件事我向来是很佩服，在现今无论关于公私的事有所声说，都不免于俗，虽是讲玄同也总要说到我自己，不是我所愿意的事。所以有好几回拿起笔来，结果还是放下。但是，现在又决心来写，只以玄同最后的十几天为限，不多讲别的事，至于说话人本来是我，好歹没有法子，那也只好不管了。

---

1 玄同，即钱玄同（1887—1939），原名钱夏，字中季，号疑古、逸谷、德潜，浙江吴兴人。在日本留学期间，曾与鲁迅、周作人等一起师从章太炎，后又为《新青年》《语丝》同人。钱玄同的杂文在五四时期产生了很大影响；他又是我国著名的文字学音韵学家。

廿八年一月三日，玄同的大世兄秉雄来访，带来玄同的一封信，其文曰：

"知翁：元日之晚，召诒堂息来告，谓兄忽遇狙，但幸无恙，骇异之至，竟夕不宁。昨至丘道，悉铿诒炳扬诸公均已次第奉访，兄仍从容坐谈，稍慰。晚，铁公来详谈，更为明了。唯无公情形，迄未知悉，但祝其日趋平复也。事出意外，且闻前日奔波甚剧，想日来必感疲乏，愿多休息，且本平日宁静乐天之胸襟加意排解摄卫！弟自己是一个浮躁不安的人，乃以此语奉劝，岂不不自量而可笑，然实由衷之言，非劝慰泛语也。旬日以来，雪冻路滑，弟惊履冰之戒，只好家居，惮于出门，丘道亦只去过两三次，且迂道黄城根，因怕走柏油路也。故尚须迟日拜访，但时向奉访者探询尊况。顷雄将走访，故草此纸。籀闇白。

这里需要说明的只有几个名词。丘道即是孔德学校的代称，玄同在那里有两间房子，安放书籍兼住宿，近两年觉得身体不好，住在家里，但每日总还去那边，有时坐上小半日。籀闇是其晚年别号之一。去年冬天曾以一纸寄示，上钤好些印文，都是新刻的，有肄籀、籀叟、籀庵居士、逸谷老人、忆菰翁等。这大都是从疑古二字变化来，如逸谷只取其同音，但有些也兼含意义，如觚籀本同一字，此处用为小学家的表征，菰乃是吴兴地名，此则有敬乡之意存焉。玄同又自号鲍山广叟，据说鲍山亦在吴兴，与金盖山相近，先代坟墓皆在其地云。曾托张樾丞刻印，八月六日有信见告云：

"日以三孔子赠张老丞，蒙他见赐广叟二字，书体似颇不恶，盖颇像《百衲本廿四史》第一种宋黄善夫本《史记》也。唯看上一字，似应云，象人高踞床阑干之颠，岂不异欤！老兄评之以为何如？"此信原本无标点，印文用六朝字体，厂字左下部分稍右移居画下之中，故云然，此盖即鲍山厂叟之省文也。

十日下午玄同来访，在苦雨斋西屋坐谈，未几又有客至，玄同遂避入邻室，旋从旁门走出自去。至十六日收来信，系十五日付邮者，其文曰：

"起孟道兄：今日上午十一时得手示，即至丘道交与四老爷，而祖公即于十二时电四公，于是下午他们（四与安）和它们（《九通》）共计坐了四辆洋车将这书点交给祖公了。此事总算告一段落矣。日前拜访，未尽欲言，即挟《文选》而走。此《文选》疑是唐人所写，如不然，则此君橅唐可谓工夫甚深矣。……（案此处略去五句三十五字。）研究院式的作品固觉无意思，但鄙意老兄近数年来之作风颇觉可爱，即所谓'文抄'是也。'儿童……'（不记得那天你说的底下两个字了，故以虚线号表之）也太狭（此字不妥），我以为'似尚宜'用'社会风俗'等类的字面（但此四字更不妥，而可以意会，盖即数年来大作那类性质的文章，——愈说愈说不明白了），先生其有意乎？……（案，此处略去七句六十九字）。旬日之内尚拟拜访面罄，但窗外风声呼呼，明日似又将雪矣，泥滑滑泥，行不得也哥哥，则或将延期矣。无公病状如何？有起色否？甚念！弟师黄再拜。廿八，一，十四，灯下。"

这封信的封面上写鲍缄，署名师黄则是小时候的名字，黄即是黄山谷。所云《九通》，是李守常先生的遗书，其后人窘迫求售，我与玄同给他们设法卖去，四祖诸公都是帮忙搬运过付的人。这件事说起来话长，又有许多感慨，总之在这时候告一段落，是很好的事。信中略去两节，觉得很是可惜，因为这里讲到我和他自己的关于生计的私事，虽然很有价值有意思，却亦就不能发表。只有关于《文选》，或者须稍有说明。这是一个长卷，系影印古写本的一卷《文选》，有友人以此见赠，十日玄同来时便又转送给他了。

我接到这信后即发了一封回信去，但是玄同就没有看到。十七日晚得钱太太电话，云玄同于下午六时得病，现在德国医院。九时顷我往医院去看，在门内廊下去遇见稻孙少铿令杨炳华诸君，知道情形已是绝望，再看病人形势刻刻危迫，看护妇之仓皇与医师之紧张，又引起十年前若干死时的情景，乃于九点三刻左右出院径归，至次晨打电话问少铿，则玄同于十时半顷已长逝矣。我因行动不能自由，十九日大殓以及二十三日出殡时均不克参与，只于二十一日同内人到钱宅一致吊奠，并送去挽联一副，系我自己所写，其词曰：

戏语竟成真，何日得见道山记。

同游今散尽，无人共话小川町。

这挽对上本撰有小注，临时却没有写上去。上联注云："前屡传君归道山，曾戏语之曰，道山何在，无人能说，君既曾游，大可作记以示来者。君殁之前二日有信来，覆信中又复提及，唯寄到时君已不及见矣。"下联注云:"余识君在戊申岁,其时尚号德潜,共从太炎先生听讲《说文解字》,每星期日集新小川町民报社。同学中龚宝铨、朱宗莱、家树人均先殁,朱希祖、许寿裳现在川陕,留北平者唯余与玄同而已。每来谈常及尔时出入民报社之人物,窃有开天遗事之感,今并此绝响矣。"挽联共作四副,此系最后之一,取其尚不离题,若太深切便病晦或偏,不能用也。

　　关于玄同的思想与性情有所论述,这不是容易的事,现在亦还没有心情来做这种难工作,我只简单的一说在听到凶信后所得的感想。我觉得这是一个大损失。玄同的文章与言论平常看去似乎颇是偏激,其实他是平正通达不过的人。近几年和他商量孔德学校的事情,他总是最能得要领,理解其中的曲折,寻出一条解决的途径,他常诙谐的称为贴水膏药,但在我实在觉得是极难得的一种品格,平时不觉得,到了不在之后方才感觉可惜,却是来不及了,这是真的可惜。老朋友中间玄同和我见面时候最多,讲话也极不拘束而且多游戏,但他实在是我的畏友。浮泛的劝诫与嘲讽虽然用意不同,一样的没有什么用处。玄同平常不务苛求,有所忠告必以谅察为本,务为受者利益计,亦不泛泛徒为高论,我最觉得可感,虽或未能悉用而重违其意,恒自警惕,总期勿太使他失望也。今玄同往矣,恐遂无复有能规诫我者。这里我只是少讲私人的关系,深愧不能对于故人的品格学问有所表扬,但是我于此破了二年来不说话的戒,写下这一篇小文章,在我未始不是一个大的决意,姑以是为故友纪念可也。

民国廿八年四月廿八日

爱罗先珂君

一

爱罗君于三日出京了。他这回是往芬兰赴第十四次万国世界语大会去的，九月里还要回来，所以他的琵琶长靴以及被褥都留在中国，没有带走，但是这飘泊的诗人能否在中国的大沙漠上安住，是否运命不指示他去上别的巡礼的长途，觉得难以断定，所以我们在他回来以前不得不暂且认他是别中国而去了。

爱罗君是世界主义者，他对于久别的故乡却怀着十分迫切的恋慕，这虽然一见似乎是矛盾，却很能使我们感到深厚的人间味。他与家中的兄姊感情本极平常，而且这回只在莫思科暂时逗留，不能够下乡去，他们也没有出来相会的自由，然而他的乡愁总是很强，总想去一亲他的久别的"俄罗斯母亲"。他费了几礼拜之力，又得他的乡人柏君的帮助，二十几条的策问总算及格，居然得到了在北京的苏俄代表的许可，可以进俄国去了。又因京奉铁道不通，改从大连绕道赴奉天，恐怕日本政府又要麻烦，因了在北京的清水君的尽力，请日本公使在旅行券上签字，准其通过大连长春一带。赴世界语大会的证明书也已办妥，只有中国护照尚未发下，议定随后给他寄往哈尔滨备用，诸事都已妥帖，他遂于三日由东站出京了。

京津车是照例的拥挤，爱罗君和同行的两个友人因为迟到了一点，——其实还在开车五十分前，已经得不到一个坐位了。幸而前面有一辆教育改进社赴济南的包车，其中有一位尹君，我们有点认识，便去和他商量，承他答应，于是爱罗君有了安坐的地方，得以安抵天津，这是很可感谢的。到了天津之后，又遇见陈大悲君，得到许多照应，这京津一路在爱罗君总可说是幸运的旅行了。

他于四日乘长平丸从天津出发，次日下午抵大连。据十一日《晨报》上大连通讯，他却在那时遇着一点"小厄"。当船到埠的时候，他和同行友人上海的清水君，一并被带往日本警察署审问。清水君即被监禁，他只"拘留半日"，总算释放了。听说从天津起便已有日本便衣警察一路跟着他，释放以后也仍然跟着一直到哈尔滨去。他拿着日本全权公使的通过许可，所以在大连只被拘留半日，大约还是很徼倖的罢！清水君便监禁了三天，至七日夜里才准他往哈尔滨去，——当然也被警察跟着。他们几时到哈尔滨，路上和在那里是什么情形，我还没有得到信息，只能凭空的愿望他的平安罢。

爱罗君在中国的时候，政府不曾特别注意，这实在是很聪明的处置，虽然谢米诺夫派的"B老爷"以及少数的人颇反对他。其实他决不是什么危险人物，这是从他作品谈话行动上可以看出来的。他怀着对于人类的爱与对于社会的悲，常以冷隽的言词，热烈的情调，写出他的爱与憎，因此遭外国资本家政府之忌，但这不过是他们心虚罢了。他毕竟还是诗人，他的工作只是唤起人们胸中的人类的爱与社会的悲，并不是指挥人去行暴动或别的政治运动；他的世界是童话似的梦的奇境，并不是共产或无政府的社会。他承认现代流行的几种主义未必能充分的实现，阶级争斗难以彻底解决一切问题，但是他并不因此而是认现社会制度，他以过大的对于现在的不平，造成他过大的对于未来的希望，——这个爱的世界正与别的主义各各的世界一样的不能实现，因为更超过了他们了。想到太阳里去的雕，求理想的自由的金丝雀，想到地面上来的土拨鼠，都是向往于诗的乌托邦的代表者。诗人的空想与一种社会改革的实行宣传不同，当然没有什么危险，而且正当的说来，这种思想很有道德的价值，于现今道德颠倒的社会尤极有用，即使艺术上不能与托尔斯泰比美，也可以说是同一源泉的河流罢。

　　以上是我个人的感想，顺便说及。我希望这篇小文只作为他的芬兰旅行的纪念，到了秋天，他回来沙漠上弹琵琶，歌咏春天的力量，使我们有再听他歌声的机会。

　　爱罗君这个名称，一个朋友曾对我说以为不妥，但我们平常叫他都是如此，所以现在仍旧沿用了。

1922年7月14日

（1922年7月17日刊于《晨报副镌》,署名仲密）

二

十月已经过去了，爱罗君还未回来。莫非他终于不回来了么？他曾说过，若是回来，十月末总可以到京；现在十月已过去了。但他临走时在火车中又说，倘若不来，当从芬兰打电报来通知；而现在也并没有电报到来。

他在北京只住了四个月，但早已感到沙漠上的枯寂了。我们所缺乏的，的确是心情上的润泽，然而不是他这敏感的不幸诗人也不能这样明显的感着，因为我们自己已经如仙人掌类似的习惯于干枯了。爱罗君虽然被日本政府驱逐出来，但他仍然怀恋着那"日出的国，花的国"的日本。初夏的一天下午，我同他在沟沿一带，踏着柔细的灰沙，在柳阴下走着，提起将来或有机会可以重往日本的话，他力说日本决不再准他去，但我因此却很明了地看出他的对于日本的恋慕。他既然这样的恋着日本，当然不能长久安住在中原的平野上的了。（这是趣味上的，并不是政治上的理由。）

他是一个世界主义者，但是他的乡愁却又是特别的深。他平常总穿着俄国式的上衣，尤其喜欢他的故乡乌克拉因式的刺绣的小衫——可惜这件衣服在敦贺的船上给人家偷了去了。他的衣箱里，除了一条在一日三浴的时候所穿缅甸的筒形白布袴以外，可以说是没有外国的衣服。即此一件小事，也就可以想见他是一个真实的"母亲俄罗斯"的儿子。他对于日本正是一种情人的心情；但是失恋之后，只有母亲是最亲爱的人了。来到北京，不意中得到归国的机会，便急忙奔去，原是当然的事情。前几天接到英国达特来夫人寄来的三包书籍，拆开看时乃是七本神智学的杂志名《送光明者》（*The Lightbringer*），却是用点字印出的：原来是爱罗君在京时所定，但等得寄到的时候，他却已走的无影无踪了。

爱罗君寄住在我们家里，两方面都很是随便，觉得没有什么窒碍的地方。我们既不把他做宾客看待，他也很自然的与我们相处：过了几时，不知怎的学会侄儿们的称呼，差不多自居于小孩子的辈分了。我的兄弟的四岁的男孩是一个很顽皮的孩子，他时常和爱罗君玩耍。爱罗君叫他的诨名道，"土步公呀！"他也回叫道，"爱罗金哥君呀！"但爱罗君极不喜欢这个名字，每每叹道，"唉唉，真窘极了！"四个月来不曾这样叫，"土步公"已经忘记爱罗金哥君这一句话，而且连曾经见过一个"没有眼睛的人"的事情也几乎记不起来了。

有各处的友人来问我，爱罗君现在什么地方，我实在不能回答：在芬兰呢，在苏俄呢，在西伯利亚呢？有谁知道？我们只能凭空祝他的平安罢。他出京后没有一封信来过。或者因为没有人替他写信，或者因为他出了北京，便忘了北京了：他离去日本后，与日本友人的通信也很不多。——飘泊孤独的诗人，我想你自己的悲哀也尽够担受了，我希望你不要为了住在沙漠上的人们再添加你的忧愁的重担也罢。

十一月一日

（1922年11月7日刊于《晨报副镌》，署名作人）

三

爱罗君又出京了。他的去留，在现在的青年或者已经没有什么意义，未必有报告的必要，但是关于他的有一两件事应该略说一下，所以再来写这一篇小文。

爱罗君是一个诗人，他的思想尽管如何偏激，但事实上向不参加什么运动，至少住在我们家里的这一年内我相信是如此的。我们平常看见他于上课读书作文之外，只吃葡萄干梨膏糖和香蕉饼，或者偶往三贝子花园听老虎叫而已。虽然据该管区署的长官告诉我，他到京后，在北京的外国人有点惊恐，说那个著名不安分的人来了，唯中国的官厅却不很以为意，这是我所同意而且很佩服的。但是自从大杉荣失踪的消息传出以后，爱罗君不意的得到好些麻烦。许多不相干的日本人用了电报咧，信咧，面会咧，都来问他大杉的行踪，其实他又不是北京的地总，当然也不会知道，然而那些不相干的人们，认定他是同大杉一起的，这是很明了的了。过了一个月之后，北京的官厅根据了日本方面的通告说有俄国盲人与大杉在北京为过激运动，着手查办，于是我们的巷口听说有人拿着大杉照片在那里守候，而我们家里也来了调查的人。那位警官却信我的话，拿了我的一封保证信，说他并没有什么运动，而且也没有见到什么大杉，回去结案。我不解东京的侦探跟着大杉走了多少年，为什么还弄不清楚，他是什么主义者，却会相信他到北京来做过激运动，真是太可笑了。现在好在爱罗君已经离京，巷口又抓不到大杉，中外仕商都可以请安心，而我的地主之责也总算两面都尽了。

爱罗君这回出发，原是他的预定计画，去年冬初回中国来路过奉天的时候，便对日本记者说起过的，不过原定暑假时去，现在却提前了两个月罢了。他所公表的提早回国的理由，是想到树林里去听故乡的夜莺，据说他的故乡哈耳珂夫的夜莺是欧洲闻名的，这或者真值得远路跑去一听。但据我的推想，还有一个小小的原因，便是世界语学者之寂寥。不怕招引热心于世界语运动的前辈的失望与不快，我不得不指点出北京——至少是北京——的世界语运动实在不很活泼。运动者尽管热心，但如没有响应，也是极无聊的。爱罗君是极爱热闹的人，譬如上教室去只听得很少的人在那里坐地，大约不是他所觉得高兴的事。世界语的俄国戏曲讲演，——《饥饿王》只讲了一次，——为什么中止了的呢，他没有说，但我想那岂不也为了教室太大了的缘故么。其实本来这在中国也算不得什么奇事，别的学者的讲演大约都不免弄到这样。爱罗君也说过，青年如不能在社会竖起脊梁去做事，尽可去吸麻醉剂去；所以大家倘若真是去吸鸦片吞金丹而不弄别的事情，我想爱罗君也当然决不见怪的。但在他自己总是太寂寞无聊了。与其在北京听沙漠的风声，自然还不如到树林中去听夜莺罢。因此对于他的出京，我们纵或不必觉得安心，但也觉得不能硬去挽留了。

寒假中爱罗君在上海的时候,不知什么报上曾说他因为剧评事件,被学生撵走了。这回恐怕又要有人说他因为大杉事件而被追放的罢。为抵当这些谣言起见,特地写了这一篇。

1923年4月17日

(1923年4月21日刊于《晨报副镌》,署名作人)

山中杂信

一

伏园兄：

　　我已于本月初退院，搬到山里来了。香山不很高大，仿佛只是故乡城内的卧龙山模样，但在北京近郊，已经要算是很好的山了。碧云寺在山腹上，地位颇好，只是我还不曾到外边去看过，因为须等医生再来诊察一次之后，才能决定可以怎样行动，而且又是连日下雨，连院子里都不能行走，终日只是起卧屋内罢了。大雨接连下了两天，天气也就颇冷了。般若堂里住着几个和尚们，买了许多香椿干，摊在芦席上晾着，这两天的雨不但使他不能干燥，反使他更加潮湿。每从玻璃窗望去，看见廊下摊着湿漉漉的深绿的香椿干，总觉得对于这班和尚们心里很是抱歉似的，——虽然下雨并不是我的缘故。

　　般若堂里早晚都有和尚做功课，但我觉得并不烦扰，而且于我似乎还有一种清醒的力量。清早和黄昏时候的清澈的磬声，仿佛催促我们无所信仰、无所归依的人，拣定一条道路精进向前。我近来的思想动摇与混乱，可谓已至其极了，托尔斯泰的无我爱与尼采的超人，共产主义与善种学，耶佛孔老的教训与科学的例证，我都一样的喜欢尊重，却又不能调和统一起来，造成一条可以实行的大路。我只将这各种思想，凌乱的堆在头里，真是乡间的杂货一料店了。——或者世间本来没有思想上的"国道"，也未可知，这件事我常常想到，如今听他们做功课，更使我受了激刺，同他们比较起来，好像上海许多有国籍的西商中间，夹着一个"无领事管束"的西人。至于无领事管束，究竟是好是坏，我还想不明白。不知你以为何如？

寺内的空气并不比外间更为和平。我来的前一天，般若堂里的一个和尚，被方丈差人抓去，说他偷寺内的法物，先打了一顿，然后捆送到城内什么衙门去了。究竟偷东西没有，是别一个问题，但是吊打恐总非佛家所宜。大约现在佛徒的戒律，也同"儒业"的三纲五常一样，早已成为具文了。自己即使犯了永为弃物的波罗夷罪，并无妨碍，只要有权力，便可以处置别人，正如护持名教的人却打他的老父，世间也一点都不以为奇。我们厨房的间壁，住着两个卖汽水的人，也时常吵架。掌柜的回家去了，只剩了两个少年的伙计，连日又下雨，不能出去摆摊，所以更容易争闹起来。前天晚上，他们都不愿意烧饭，互相推诿，始而相骂，终于各执灶上用的铁通条，打仗两次。我听他们叱咤的声音，令我想起《三国志》及《劫后英雄略》等书里所记的英雄战斗或比武时的威势，可是后来战罢，他们两个人一点都不受伤，更是不可思议了。从这两件事看来，你大略可以知道这山上的战氛罢。

因为病在右肋，执笔不大方便，这封信也是分四次写成的。以后再谈罢。

1921年6月5日

（1921年6月7日刊于《晨报》，署名仲密）

二

近日天气渐热，到山里来住的人也渐多了。对面的那三间屋，已于前日租去，大约日内就有人搬来。般若堂两傍的厢房，本是"十方堂"，这块大木牌还挂在我的门口。但现在都已租给人住，以后有游方僧来，除了请到罗汉堂去打坐以外，没有别的地方可以挂单了。

三四天前大殿里的小菩萨，失少了两尊，方丈说是看守大殿的和尚偷卖给游客了，于是又将他捆起来，打了一顿，但是这回不曾送官，因为次晨我又听见他在后堂敲那大木鱼了。（前回被捉去的和尚，已经出来，搬到别的寺里去了。）当时我正翻阅《诸经要集·六度部》的《忍辱篇》，道世大师在《述意缘》内说道，"……岂容微有触恼，大生瞋恨，乃至角眼相看，恶声厉色，遂加杖木，结恨成怨"，看了不禁苦笑。或者丛林的规矩，方丈本来可以用什么板子打人，但我总觉得有点矛盾。而且如果真照规矩办起来，恐怕应该挨打的，却还不是这个所谓偷卖小菩萨的和尚呢。

山中苍蝇之多，真是"出人意表之外"。每天下午，在窗外群飞，嗡嗡作声，仿佛是蜜蜂的排衙。我虽然将风门上糊了冷布，紧紧关闭，但是每一出入，总有几个混进屋里来。各处掉上摊着苍蝇纸，另外又用了棕丝制的蝇拍追着打，还是不能绝灭。英国诗人勃来克有苍蝇一诗，将蝇来与无常的人生相比；日本小林一茶的俳句道，"不要打哪！那苍蝇搓他的手，搓他的脚呢。"我平常都很是爱念，但在实际上却不能这样的宽大了。一茶又有一句俳句，序云：

> 捉到一个虱子，将他掐死固然可怜，要把他舍在门外，让他绝食，也觉得不忍；忽然的想到我佛从前给与鬼子母的东西[1]，成此。
>
> 虱子呵，放在和我味道一样的石榴上爬着。

《四分律》云，"时有老比丘拾虱弃地，佛言不应，听以器盛若绵拾着中。若虱走出，应作筒盛；若虱出筒，应作盖塞。随其寒暑，加以腻食将养之。"一茶是诚信的佛教徒，所以也如此做，不过用石榴喂他却更妙了。这种殊胜的思想，我也很以为美，但我的心底里有一种矛盾，一面承认苍蝇是与我同具生命的众生之一，但一面又总当他是脚上带着许多有害的细菌，在头上面上爬的痒痒的，一种可恶

---

1 原注：日本传说，佛降伏鬼子母神，给与石榴实食之，以代人肉，因榴实味酸甜似人肉云。据《鬼子母经》说，她后来变了生育之神，这石榴大约只是多子的象征罢了。

的小虫,心想除灭他。这个情与知的冲突,实在是无法调和,因为我笃信"赛老先生"的话,但也不想拿了他的解剖刀去破坏诗人的美的世界,所以在这一点上,大约只好甘心且做蝙蝠派罢了。

对于时事的感想,非常纷乱,真是无从说起,倒还不如不说也罢。

6月23日

（1921年6月24日刊于《晨报》,署名仲密）

三

我在第一信里,说寺内战氛很盛,但是现在情形却又变了。卖汽水的一个战士,已经下山去了。这个缘因,说来很长。前两回礼拜日游客很多,汽水卖了十多块钱一天,方丈知道了,便叫他们从形势最好的那"水泉"旁边撤退,让他自己来卖。他们只准在荒凉的塔院下及门口去摆摊,生意便很清淡,掌柜的于是实行减政,只留下了一个人做帮手,——这个伙计本是做墨盒的,掌柜自己是泥水匠。这主从两人虽然也有时争论,但不至于开起仗来了。方丈似乎颇喜欢吊打他属下的和尚,不过他的法庭离我这里很远,所以并未直接受到影响。此外偶然和尚们喝醉了高粱,高声抗辩,或者为了金钱胜负稍有纠葛,都是随即平静,算不得什么大事。因此般若堂里的空气,近来很是长闲逸豫,令人平矜释躁。这个情形可以意会,不易言传,我如今举出一件琐事来做个象征,你或者可以知其大略。我们院子里,有一群鸡,共五六只,其中公的也有,母的也有。这是和尚们共同养的呢,还是一个人的私产,我都不知道。他们白天里躲在紫藤花底下,晚间被盛入一只小口大腹,像是装香油用的藤篓里面。这篓子似乎是没有盖的,我每天总看见他在柏树下仰天张着口放着。夜里酉戌之交,和尚们擂鼓既罢,各去休息,篓里的鸡便怪声怪气的叫起来。于是禅房里和尚们的"唆,唆——"之声,相继而作。这样以后,篓里与禅房里便复寂然,直到天明,更没有什么惊动。问是什么事呢? 答说有黄鼠狼来咬鸡。其实这小口大腹的篓子里,黄鼠狼是不会进去的,倘若掉了下去,他就再逃也出不来了。大约他总是未能忘情,所以常来窥探,不过聊以快意罢了。倘若篓子上加上一个盖,——虽然如上文所说,即使无盖,本来也很安全,——也便可以省得他的窥探。但和尚们永远不加盖,黄鼠狼也便永远要来窥探,以致"三日两头"的引起夜中篓里与禅房里的驱逐。这便是我所说的长闲逸豫的所在。我希望这一节故事,或者能够比那四个抽象的字说明的更多一点。

但是我在这里不能一样的长闲逸豫,在一日里总有一个阴郁的时候,这便是下午清华园的邮差送报来后的半点钟。我的神经衰弱,易于激动,病后更甚,对于略略重大的问题,稍加思索,便很烦躁起来,几乎是发热状态,因此平常十分留心免避。但每天的报里,总是充满着不愉快的事情,见了不免要起烦恼。或者说,既然如此,不看岂不好么？但我又舍不得不看，好像身上有伤的人，明知触着是很痛的，但有时仍是不自禁的要用手去摸，感到新的剧痛，保留他受伤的意识。但苦痛究竟是苦痛，所以也就赶紧丢开，去寻求别的慰解。我此时放下报纸，努力将我的思想遣发到平常所走的旧路上去，——回想近今所看书上的大乘菩萨布施忍辱第六度难行，净土及地狱的意义，或者去搜求游客及和尚们（特别注意于方丈）的轶事。我也不愿再说不愉快的事，下次还不如仍同你讲他们的事情罢。

6月29日

（1921年7月2日刊于《晨报》，署名仲密）

四

近日因为神经不好，夜间睡眠不足，精神很是颓唐，所以好久没有写信，也不曾做诗了。诗思固然不来，日前到大殿后看了御碑亭，更使我诗兴大减。碑亭之北有两块石碑，四面都刻着乾隆御制的律诗和绝句。这些诗虽然很讲究的刻在石上，壁上还有宪兵某君的题词，赞叹他说"天命乃有移，英国殊难泯"！但我看了不知怎的联想到那塾师给冷于冰看的草稿，将我的创作热减退到近于零度。我以前病中忽发野心，想做两篇小说，一篇叫《平凡的人》，一篇叫《初恋》；幸而到了现在还不曾动手。不然，岂不将使《馍馍赋》不但无独而且有偶么？

我前回答应告诉你游客的故事，但是现在也未能践约，因为他们都从正门出入，很少到般若堂里来的。我看见从我窗外走过的游客，一般不过十多人。他们却有一种公共的特色，似乎都对于植物的年龄颇有趣味。他们大抵问和尚或别人道，"这藤萝有多少年了？"答说，"这说不上来。"便又问，"这柏树呢？"至于答案，自然仍旧是"说不上来"了。或者不问柏树的，也要问槐树。其余核桃石榴等小树，就少有人注意了。我常觉得奇异，他们既然如此热心，寺里的人何妨就替各棵老树胡乱定出一个年岁，叫和尚们照样对答，或者写在大木板上，挂在树下，岂不一举两得么？

游客中偶然有提着鸟笼的，我看了最不喜欢。我平常有一种偏见，以为作不必要的恶事的人，比为生活所迫，不得已而作恶者更为可恶；所以我憎恶蓄妾的男子，比那卖女为妾——因贫穷而吃人肉的父母，要加几倍。对于提鸟笼的人的反感，也是出于同一的源流。如要吃肉，便吃罢了；（其实飞鸟的肉，于养生上也并非必要。）如要赏鉴，在他自由飞鸣的时候，可以尽量的看或听：何必关在笼里，擎着走呢？我以为这同喜欢缠足一样的是痛苦的赏玩，是一种变态的残忍的心理。贤首于《梵网戒疏》盗戒下注云，"善见云，盗空中鸟，左翅至右翅，尾至头，上下亦尔，俱得重罪。准此戒，纵无主，鸟身自为主，盗皆重也"。鸟身自为主，——这句话的精神何等博大深厚，然而又岂是那些提鸟笼的朋友所能了解的呢？

《梵网经》里还有几句话，我觉得也都很好。如云，"若佛子，故食肉，——一切肉不得食。——断大慈悲性种子，一切众生见而舍去。"又云，"一切男子是我父，一切女人是我母，我生生无不从之受生，故六道众生皆我父母。而杀而食者，即杀我父母，亦杀我故身：一切地水，是我先身；一切火风，是我本体。……"我们现在虽然不能再相信六道轮回之说，然而对于这普亲观平等观的思想，仍然觉得他是真而且美。英国勃来克的诗道：

> 被猎的兔的每一声叫，
> 撕掉脑里的一枝神经；
> 云雀被伤在翅膀上，
> 一个天使止住了歌唱。

这也是表示同一的思想。我们为自己养生计，或者不得不杀生，但是大慈悲性种子也不可不保存，所以无用的杀生与快意的杀生，都应该免避的。譬如吃醉虾，这也罢了；但是有人并不贪他的鲜味，只为能够将半活的虾夹住，直往嘴里送，心里想道"我吃你"！觉得很快活。这是在那里尝得胜快心的滋味，并非真是吃食了。《晨报》杂感栏里曾登过松年先生的一篇《爱》，我很以他所说的为然。但是爱物也与仁人很有关系，倘若断了大慈悲性种子，如那样吃醉虾的人，于爱人的事也恐怕不大能够圆满的了。

7月14日

五

近日天气很热，屋里下午的气温在九十度以上。所以一到晚间，般若堂里在院子里睡觉的人，总有三四人之多。他们的睡法很是奇妙，因为蚊子白蛉要来咬，于是便用棉被没头没脑的盖住。这样一来，固然再也不怕蚊子们的勒索，但是露天睡觉的原意也完全失掉了。要说是凉快，却蒙着棉被；要说是通气，却将头直钻到被底下去。那么同在热而气闷的屋里睡觉，还有什么区别呢？有一位方丈的徒弟，睡在藤椅上，挂了一顶洋布的帐子，我以为是防蚊用的了，岂知四面都是悬空，蚊子们如能飞近地面一二尺，仍旧是可以进去的，他的帐子只能挡住从上边掉下来的蚊子罢了。这些奥妙的办法，似乎很有一种禅味，只是我了解不来。

我的行踪，近来已经推广到东边的"水泉"。这地方确是还好，我于每天清早，没有游客的时候，去徜徉一会，赏鉴那山水之美。只可惜不大干净，路上很多气味，——因为陈列着许多《本草》上的所谓人中黄！我想中国真是一个奇妙的国，在那里人们不容易得到营养料，也没有方法处置他们的排泄物。我想象轩辕太祖初入关的时候，大约也是这样情形。但现在已经过了四千年之久了。难道这个情形真已支持了四千年，一点都不曾改么？

水泉西面的石阶上，是天然疗养院附属的所谓洋厨房。门外生着一棵白杨树，树干很粗，大约直径有六七寸，白皮斑驳，很是好看。他的叶在没有什么大风的时候，也瑟瑟的响，仿佛是有魔术似的。古诗说："白杨多悲风，萧萧愁杀人。"非看见过白杨树的人，不大能了解他的趣味。欧洲传说云，耶稣钉死在白杨木的十字架上，所以这树以后便永远颤抖着。……我正对着白杨起种种的空想，有一个七八岁的小西洋人跟着宁波的老妈子走进洋厨房来。那老妈子同厨子讲着话的时候，忽然来了两个小广东人，各举起一只手来，接连的打小西洋人的嘴巴。他的两个小颊，立刻被批的通红了，但他却守着不抵抗主义，任凭他们打去。我的用人看不过意，把他们隔开两回，但那两位攘夷的勇士又冲过去，寻着要打嘴巴。被打的人虽然忍受下去了，但他们把我刚才的浪漫思想也批到不知去向，使我切肤的感到现实的痛。——至于这两个小爱国者的行为，若由我批评，不免要有过激的话，所以我也不再说了。

我每天傍晚到碑亭下去散步，顺便恭读乾隆的御制诗；碑上共有十首，我至少总要读他两首。读之既久，便发生种种感想，其一是觉得语体诗发生的不得已与必要。御制诗中有这几句，如"香山适才游白社，越岭便已至碧云"，又"玉泉十丈瀑，谁识此其源"，似乎都不大高明。但这实在是旧诗的难做，怪不得皇帝。对偶呀，平仄呀，押韵呀，拘束得非常之严，所以便是奉天承运的真龙也挣扎他不过，只落得留下多少打油的痕迹在石头上面。倘若他生在此刻，抛了七绝五律不做，去做较为自由的新体诗，即使做的不好，也总不至于被人认为"哥罐闻焉嫂棒伤"的蓝本罢。但我写到这里，忽然想到《大江集》等几种名著，又觉得我所说的也未必尽然。大约用文言做"哥罐"的，用白话做来仍是"哥罐"，——于是我又想起一种疑问，这便是语体诗的"万应"的问题了。

7月17日

（1921年7月21日刊于《晨报》，署名仲密）

六

好久不写信了。这个原因，一半因为你的出京，一半因为我的无话可说。我的思想实在混乱极了，对于许多问题都要思索，却又一样的没有归结，因此觉得要说的话虽多，但不知道怎样说才好。现在决心放任，并不硬去统一，姑且看书消遣，这倒也还罢了。

上月里我到香山去了两趟，都是坐了四人轿去的。我们在家乡的时候，知道四人轿是只有知县坐的，现在自己却坐了两回，也是"出于意表之外"的。我一个人叫他们四位扛着，似乎很有点抱歉，而且每人只能分到两角多钱，在他们实在也不经济；不知道为什么不减作两人呢？那轿杠是杉木的，走起来非常颠播。大约坐这轿的总非有候补道的那样身材，是不大合宜的。我所去的地方是甘露旅馆，因为有两个朋友耽搁在那里，其余各处都不曾去。什么的一处名胜，听说是督办夫人住着，不能去了。我说这是什么督办，参战和边防的督办不是都取消了么。答说是水灾督办。我记得四五年前天津一带确曾有过一回水灾，现在当然已经干了，而且连旱灾都已闹过了（虽然不在天津）。朋友说，中国的水灾是不会了的。黄河不是决口了么。这话的确不错，水灾督办诚然有存在的必要，而且照中国的情形看来，恐怕还非加入官制里去不可呢。

我在甘露旅馆买了一本《万松野人言善录》，这本书出了已经好几年，在我却是初次看见。我老实说，对于英先生的议论未能完全赞同，但因此引起我陈年的感慨，觉得要一新中国的人心，基督教实在是很适宜的。极少数的人能够以科学艺术或社会的运动去替代他宗教的要求，但在大多数是不可能的。我想最好便以能容受科学的一神教把中国现在的野蛮残忍的多神——其实是拜物——教打倒，民智的发达才有点希望。不过有两大条件，要紧紧的守住：其一是这新宗教的神切不可与旧的神的观念去同化，以致变成一个西装的玉皇大帝；其二是切不可造成教阀，去妨害自由思想的发达。这第一第二的覆辙，在西洋历史上实例已经很多，所以非竭力免去不可。——但是，我们昏乱的国民久伏在迷信的黑暗里，既然受不住知慧之光的照耀，肯受这新宗教的灌顶么？不为传统所囚的大公无私的新宗教家，国内有几人呢？仔细想来，我的理想或者也只是空想；将来主宰国民的心的，仍旧还是那一班的鬼神妖怪罢！

我的行踪既然推广到了寺外，寺内各处也都已走到，只剩那可以听松涛的有名的塔上不曾去。但是我平常散步，总只在御诗碑的左近和弥勒佛坐着右边的路上。这一段泥路来回可一百步，一面走着，一面听着阶下龙嘴里的潺潺的水声，（这就是御制诗里的"清波绕砌潺"，）倒也很有兴趣。不过这清波有时要不"潺"，其时很是令人扫兴，因为后面有人把他截住了。这是谁做主的，我都不知道，大约总是有什么金鱼池的阔人们罢。他们要放水到池里去，便是汲水的人也只好等着，或是劳驾往水泉去，何况想听水声的呢！靠着这清波的一个朱门里，大约也是阔人，因为我看见他们搬来的前两天，有许多穷朋友头上顶了许多大安乐椅小安乐椅进去。以前一个绘画的西洋人住着的时候，并没有什么门禁，东北角的墙也坍了，我常常去到那里望对面的山景和在溪滩积水中洗衣的人们。现在可是截然的不同了，倒墙从新筑起，将真山关出门外，却在里面叫人堆上许多石头，（抬这些石头的人们，足足有三天，在我的窗前络绎的走过，）叫做假山，一面又在弥勒佛左手的路上筑起一堵泥墙，于是我真山固然望不见，便是假山也轮不到看。那些阔人们似乎以为四周非有墙包围着是不能住人的。我远望香山上迤逦的围墙，又想起秦始皇的万里长城，觉得我所推测的话并不是全无根据的。

还有别的见闻，我曾做了两篇《西山小品》，其一曰《一个乡民的死》，其二曰《卖汽水的人》，将他记在里面。但是那两篇是给日本的朋友们所办的一个杂志作的，现在虽有原稿留下，须等我自己把他译出方可发表。

9月3日，在西山。

（1921年9月6日刊于《晨报》，署名仲密）

市河先生

近十年来我在北京大学教日本文，似乎应该有好些的教学经验可以谈谈，其实却并不然。我对于教没有什么心得可谈，这便因为在学的时候本来也没有什么成绩。最重要的是经验，我的经验却是很不上轨道很无程序的，几乎不成其为经验。我学日文差不多是自修的，虽然在学校里有好几位教员，他们很热心地教，不过我很懒惰不用功，受不到多少实益。说自修又并不是孜孜矻矻地用苦功，实在是不足为法的，不过有些事情也不妨谈谈，或者有点足以供自修日文的诸君参考的地方也说不定。

讲起学日文来，第一还得先对我的几位先生表示感谢，虽然我自己不好好地学，他们对于我总是有益处的。我被江南督练公所派到日本去学土木工程时已是二十二岁，英文虽然在水师学过六年，日本语却是一句不懂的。最初便到留学生会馆的补习班里去学，教师是菊池勉，后来进了法政大学的预科，给我们教日文的教员共有三位，其一是保科孝一，文学士，国语学专家，著书甚多，今尚健在，其二是大岛庄之助，其三是市河三阳。保科先生是一个熟练的教师，讲书说话都很得要领，像是预备得熟透的讲义似的，可是给我们的印象总是很浅。大岛先生人很活泼，写得一手的好白话，虽然不能说，黑板上写出来作译解时却是很漂亮，教授法像是教小学生地很有步骤，可以算是一个好教员，我却觉得总和他距离得远。市河先生白话也写得好，还能够说一点，但是他总不说，初次上课时他在黑板上写道"我名市河三阳"，使得大家发笑起来。他又不像大岛那样口多微辞，对于中国时有嘲讽的口气，功课不大行又欠聪明的学生多被戏弄，他只是诚恳地教书，遇见学生弄不清楚的时候，反而似乎很为难很没有办法的样子。我对于他的功课同样地不大用心，但对于他个人特别有好感，虽然一直没有去访问过。我觉得这三位先生很可以代表日本人的几种样式，是很有意思的事，只可惜市河先生这种近于旧式的好人物的模型现今恐怕渐渐地要少下去了。

我离开预科后还在东京住了四年，却不曾再见到市河先生，民国八年及廿三年又去过两次，也不去访问，实在并无从探听他的消息。今年春天偶读永井荷风的《荷风随笔》，其第十三篇题曰"市河先生之《烬录》"，不意地找到一点材料，觉得很可喜。其文有云：

> 纪述震灾惨状的当时文献中我所特别珍重不置的是市河泰庵先生之《烬录》。
>
> 先生今兹已于正月为了宿痾易箦于小石川之新居。我在先生生前但有书翰往复，又因平生疏懒不曾一赴邸宅问病，遂至永失接謦欬的机会了。
>
> 《烬录》一书系先生以汉文记述在饭田町的旧居游德园为灾火所袭与其家人仅以身免时的事情，分编为避难纪事，杂事

片片，神主石碑，烹茶樵书等十余章，于罹灾后二年付印以分赠知人者也。卷尾记云：此稿于今兹九月十二日起草，旬日而搁笔，秋暑如毁，挥汗书之。词句拙陋杂驳，恰如出于烬中，因曰'烬录'，聊以供辱问诸君之一笑。

又云：

泰庵先生名三阳，江户时代著名书家市河米庵先生之孙，万庵先生之嗣子也，其学德才艺并不愧为名家之后，世所周知，不俟谫劣如予者之言矣。文中引有《烬录》避难纪事一部分，今节录于下：

大正十二年九月一日朝来小雨才霁，暑甚。将午，时予倚坐椅，待饭至，地忽大动。予徐起离褥启窗，先望库屋，意谓库去岁大加修缮，可以据焉。踌躇间震益大，见电灯摇动非常，乃仓卒旋踵至庭中。……时近闻爆音，忽又闻消防车之声，盖失火也。须臾消防车去，以为火熄，岂意乃水道坏，消火无术可施也。内子以铁叶桶盛水来，乃投盐于中连饮之，曰，桔槔倒，以手引绳而汲，故迟迟耳。予曰，荒野氏如何？曰，幸免，但对面之顷屋瓦皆坠，某头伤来乞水。予曰，何处失火？曰，齿科医学校也。予时立而四顾。……黑烟益低，火星之降者渐多，遂决意作逃计。内子曰，不携君物乎？予此时贪念全绝，忽忆及一书箧适在库外，皆曾祖父集类，乃曰，然则携此乎。内子遂挈之出，弃箧，以儿带缚之，此他虽几边一小物举不及顾。盖当时余震至剧，予若命内子入内，万一有事，恐有不堪设想者，且事急，率迫之际得脱此一函，亦足多矣。逃计既定，虑门前路隘有堕瓦之危，乃破庭前之篱以出。吾庭与邻园接，邻园为崖而多树，故吾庭平日眺望旷敞，知友皆羡焉。今予等缘枝排莽而下，下至半途右顾，忽见火焰，盖在吾庭之右有人家楼屋，故庭中不见火也。……至晓星小学校前，满街狼狈，有跣足者，有袜而巾者，有于板上舁笃疾者，偶有妇人盛装而趋者，红裳翩飘，素足露膝不知也。予病中不喜着裈，此时一衣一带一眼镜耳，以故徐步之间尚颇恐露丑，心中独苦笑。想象市河先生那时的情景，我亦不禁苦笑，其时盖已在给我们教书十五年之后，据荷风说先生于昭和二年病故，则为地震后四年，即民国十六年也。

《烬录》原书惜未得见，只能转抄出这一部分，据云原本用汉文所写，荷风引用时译为和文，今又重译汉文，失真之处恐不免耳。

辑 四

写文章即是不甘寂寞

神话的辩护

为神话作辩护，未免有点同善社的嫌疑。但是，只要我自信是凭了理性说话，这些事都可以不管。

反对把神话作儿童读物的人说，神话是迷信，儿童读了要变成义和团与同善社。这个反对迷信的热心，我十分赞同，但关于神话养成迷信这个问题我觉得不能附和。神话在儿童读物里的价值是空想与趣味，不是事实和知识。我在《神话与传说》中曾说：

"文艺不是历史或科学的记载，大家都是知道的；如见了化石的故事，便相信人真能变石头，固然是个愚人，或者又背着科学来破除迷信，断断地争论化石故事之不合物理也未免成为笨伯了。"（《自己的园地》四十页。）又在《儿童的文学》中说过：

"儿童相信猫狗能说话的时候，我们便同他们讲猫狗说的故事，不但要使得他们喜悦，也因为知道这过程是跳不过的，——然而又自然地会推移过去的，所以相当的应付了，等到儿童知道猫狗是什么东西的时候到来，我们再可以将生物学的知识供给他们。"（同二四五页。）

现在反对者的错误，即在于以儿童读物中的神话为事实与知识，又以为儿童听了就要终身迷信，便是科学知识也无可挽救。其实神话只能滋养儿童的空想与趣味，不能当作事实，满足知识的要求。这个要求，当由科学去满足他，但也不能因此而遂打消空想。知识上猫狗是哺乳类食肉动物，空想上却不妨仍是会说话的四足朋友；有些科学家兼做大诗人，即是证据。缺乏空想的人们以神话为事实，没有科学知识的便积极的信仰，有科学知识的则消极的趋于攻击，都是错了。迷信之所以有害者，以其被信为真实；倘若知是虚假，则在迷信之中也可以发见许多的美，因为我们以为美的不必一定要是真实，神话原是假的，他决不能妨害科学的知识的发达，也不劳科学的攻击，——反正这不过证明其虚假，正如笑话里证明胡子是有胡须的一般，于其原来价值别无增减。我承认，用神话是教儿童读诳话，但这决无害处，只要大家勿误认读神话之目的为求知识与教训。

有些人以为神话是妖人所造，用以宣传迷信，去蛊惑人的。这个说法完全是不的确。神话的发生，普通在神话学上都有说明，但我觉得德国翁特（Wundt）教授在民族心理学里说的很得要领。我们平常把神话包括神话传说童话三种，仿佛以为这三者发生的顺序就是如此的，其实却并不然。童话（广义的）起的最早，在"图腾"时代，人民相信灵魂和魔怪，便据了空想传述他们的行事，或借以说明某种的现象；这种童话有几样特点，其一是没有一定的时地和人名，其二是多有魔术，讲动物的事情，大抵与后世存留的童话相同，所不同者只是那些童话在图腾社会中为群众所信罢了。其次的是翁特所说的英雄与神的时代，这才是传说以及神话（狭义的）发生的时候。童话的主人公多是异物，传说的主人公是英雄，乃是人；异物都有魔力，英雄虽亦常有魔术与法宝的辅助，但仍具人类的属性，多凭了自力成就他的事业。童话中也有人，但率处于被动的地位，现在则有独立的人格，公然与异物对抗，足以表见民族思想的变迁。英雄是理想的人，神即是理想的英雄；先以人与异物对立，复折衷而成为神的观念，于是神话就同时兴起了。不过神既是不死不变的东西，便没有什么兴衰事迹可记，所以纯粹的狭义的神话几乎是不能有的，一般所称的神话其实多是传说的变体，还是以英雄为主的故事。这两种发生的关系很是密切，指出一定的人物时地也都相同，与童话的渺茫殊异，上边的话固然"语焉不详"，但大约可以知道神话发生的情形，其非出于邪教之宣传作用也可明白了。在发生的当时大抵是为大家所信的，到了后来，已经失却信用，于是转移过来，归入文艺里供我们的赏鉴。即使真是含有作用的妖言，如方士骗秦汉皇帝的话，我们现在既不复信以为真，也正不妨拿来作故事看。我们不能容许神话作家（Mythopoios）再编造当作事实的神话，去宣传同善社的教旨，但是编造假的神话，不但可以做而且值得称赞的，因为这神话作家在现代就成了诗人了。

十三年二月

（1924年1月29日刊于《晨报副镌》，署名作人）

我学国文的经验

我到现在做起国文教员来，这实在在我自己也觉得有点古怪的，因为我不但不曾研究过国文，并且也没有好好地学过。平常做教员的总不外这两种办法，或是把自己的赅博的学识倾倒出来，或是把经验有得的方法传授给学生，但是我于这两者都有点够不上。我于怎样学国文的上面就压根儿没有经验，我所有的经验是如此的不规则，不足为训的，这种经验在实际上是误人不浅，不过当作故事讲也有点意思，似乎略有浪漫的趣味，所以就写他出来，送给《孔德月刊》的编辑，聊以塞责：收稿的期限已到，只有这一天了，真正连想另找一个题目的工夫都没有了，下回要写，非得早早动手不可，要紧要紧。

乡间的规矩，小孩到了六岁要去上学，我大约也是这时候上学的。是日，上午，衣冠，提一腰鼓式的灯笼，上书"状元及第"等字样，挂生葱一根，意取"聪明"之兆，拜"孔夫子"而上课，先生必须是秀才以上，功课则口授《鉴略》起首两句，并对一课，曰"元"对"相"，即放学。此乃一种仪式，至于正式读书，则迟一二年不等。我自己是那一年起头读的，已经记不清了，只记得从过的先生都是本家，最早的一个号叫花塍，是老秀才，他是吸鸦片烟的，终日躺在榻上，我无论如何总记不起他的站立着的印象。第二个号子京，做的怪文章，有一句试帖诗云，"梅开泥欲死"，很是神秘，后来终以风狂自杀了。第三个的名字可以不说，他是以杀尽革命党为职志的，言行暴厉的人，光复的那年，他在街上走，听得人家奔走叫喊"革命党进城了！"立刻脚软了，再也站不起来，经街坊抬他回去，以前应考，出榜时见自己的前一号（坐号）的人录取了，就大怒，回家把院子里的一株小桂花都拔了起来。但是从这三位先生我都没有学到什么东西，到了十一岁时往三味书屋去附读，那才是正式读书的起头。所读的书我还清清楚楚地记得，是一本"上中"，即《中庸》的上半本，大约从"无忧者其唯文王乎"左近读起。书房里的功课是上午背书上书，读生书六十遍，写字；下午读书六十遍，傍晚不对课，讲唐诗一首。老实说，这位先生的教法倒是很宽容的，对学生也颇有理解，我在书房三年，没有被打过或罚跪。这样，我到十三岁的年底，读完了《论》《孟》《诗》《易》及《书经》的一部分。"经"可以算读得也不少了，虽然也不能算多，但是我总不会写，也看不懂书，至于礼教的精义尤其茫然，干脆一句话，以前所读之经于我毫无益处，后来的能够略写文字及养成一种道德观念，乃是全从别的方面来的。因此我觉得那些主张读经救国的人真是无谓极了，我自己就读过好几经，（《礼记》《春秋左传》是自己读的，也大略读过，虽然现在全忘了，）总之就是这么一回事，毫无用处，也不见得有损，或者只耗废若干的光阴罢了。恰好十四岁时往杭州去，不再进书房，只在祖父旁边学做八股文试帖诗，平日除规定看《纲鉴易知录》，抄《诗韵》以外，可以随意看闲书，因为祖父是不禁小孩看小说的。他是个翰林，脾气又颇乖戾，但是对于教育却有特别的意见：他很奖励小孩看小说，以为这能使人思路通顺，有时高兴便同我讲起《西游记》来，孙行者怎么调皮，猪八戒怎样老实，——别的小说他也不非难，但最称赏的却是这《西游记》。晚年回到家里，还是这样，常在聚族而居的堂前坐着对人谈讲，尤其是喜欢找他的一位堂弟（年纪也将近六十了罢）特别反覆地讲"猪八戒"，仿佛有什么讽刺的寓意似的，以致那位听者轻易不敢出来，要出门的时候必须先窥探一下，如没有人在那里等他去讲猪八戒，他才敢一溜烟地溜出门去。我那时便读了不少的小说，好的坏的都有，看纸上的文字而懂得文字所表现的意思，这是从此刻才起首的。由《儒林外史》《西游记》等渐至《三国演义》；转到《聊斋志异》，这是从白话转到文言的径路。教我懂文言，并略知文言的趣味者，实在是这《聊斋》，并非什么经书或是《古文析义》之流。《聊斋志异》之后，自然是那些《夜谈随录》等的假《聊斋》，一变而转入《阅微草堂笔记》，这样，旧派文言小说的两派都已入门，便自然而然地跑到唐代丛书里边去了。不久而"庚子"来了。到第二年，祖父觉得我的正途功名已经绝望，照例须得去学幕或是经商，但是我都不愿，所以只好"投笔从戎"，去进江南水师学堂。这本是养成海军士官的学校，于国文一途很少缘分，但是因为总办方硕辅观察是很重国粹的，所以入学试验颇是严重，我还记得国文试题是"云从龙风从虎论"，覆试是"虽百世可知也论"。入校以后，一礼拜内五天是上洋文班，包括英文科学等，一天是汉文，一日的功课是，早上打靶，上午八时至十二时为两堂，十时后休息十分钟，午饭后体操或升桅，下午一时至四时又是一堂，下课后兵操。在上汉文班时也是如此，不过不坐在洋式的而在中国式的讲堂罢了，功课是上午作论一篇，余下来的工夫便让你自由看书，程度较低的则作论外还要读《左传》或《古文辞类纂》。在这个状况之下，就是并非预言家也可以知道国文是不会有进益的了。不过时运真好，我们正苦枯寂，没有小说消遣的时候，翻译界正逐渐兴旺起来，严幾道的《天演论》，林琴南的《茶花女》，梁任公的《十五小豪杰》，可以说是三派的代表。我那时的国文时间实际上便都用在看这些东西上面，而三者之中尤其是以林译小说为最喜看，从《茶花女》起，至《黑太子南征录》止，这其间所出的小说几乎没有一册不买来读过。这一方面引我到西洋文学里去，一方面又使我渐渐觉到文言的趣味，虽林琴南的礼教气与反动的态度终是很可嫌恶，他的拟古的文章也时时成为恶札，容易教坏青年。我在南京的五年，简直除了读新小说以外别无什么可以说是国文的修养。1906年南京的督练公所派我与吴周二君往日本改习建筑，与国文更是疏远了，虽然曾经忽发奇想地到民报社去听章太炎讲过两年"小学"。总结起来，我的国文的经验便只是这一点，从这里边也找不出什么学习的方法与过程，可以供别人的参考，除了这一个事实，便是我的国文都是从看小说来的，倘若看几本普通的文言书，写一点平易的文章，也可以说是有了运用国文的能力。现在轮到我教学生去理解国文，这可使我有点为难，因为我没有被教过这是怎样地理解的，怎么能去教人。如非教不可，那么我只好对他们说，请多看书。小说，曲，诗词，文，各种；新的，古的，文言，白话，本国，外国，各种；还有一层，好的，坏的，各种。都不可以不看，不然便不能知道文学与人生的全体，不能磨炼出一种精纯的趣味来。自然，这不要成为乱读，须得有人给他做指导顾问，其次要别方面的学问知识比例地增进，逐渐养成一个健全的人生观。

写了之后重看一遍，觉得上面所说的话平庸极了，真是"老生常谈"，好像是笑话里所说，卖必效的臭虫药的，一重一重的用纸封好，最后的一重里放着一张纸片，上面只有两字曰"勤捉"。但是除灭臭虫本来除了勤捉之外别无好法子，所以我这个方法或者倒真是理解文章的趣味之必效法也未可知哩。

1926年9月30日，于北京。

小说的回忆

　　小说我在小时候实在看了不少，虽则经书读得不多。本来看小说或者也不能算多，不过与经书比较起来，便显得要多出几倍，而且我的国文读通差不多全靠了看小说，经书实在并没有给了什么帮助，所以我对于耽读小说的事正是非感谢不可的。十三经之中，自从叠起书包，作揖出了书房门之后，只有《诗经》《论语》《孟子》《礼记》《尔雅》，（这还是因了郝懿行的《义疏》的关系，）曾经翻阅过一两遍，别的便都久已束之高阁，至于内容也已全部还给了先生了。小说原是中外古今好坏都有，种类杂乱得很，现在想起来，无论是什么，总带有多少好感，因为这是当初自己要看而看的，有如小孩手头有了几文钱，跑去买了些粽子糖炒豆、花生米之属，东西虽粗，却吃得滋滋有味，与大人们揪住耳朵硬灌下去的汤药不同，即使那些药不无一点效用，（这里姑且这么说，）后来也总不会再想去吃的。关于这些小说，头绪太纷繁了，现在只就民国以前的记忆来说，一则事情较为简单，二则可以不包括新文学在内，省得说及时要得罪作者，——他们的著作，我读到的就难免要乱说，不曾读到又似乎有点渺视，都不是办法，现在有这时间的限制，这种困难当然可以免除了。

我学国文，能够看书及略写文字，都是从看小说得来，这种经验大约也颇普通，前清嘉庆的人郑守庭的《燕窗闲话》中有着相似的记录，其一节云：

"予少时读书易于解悟，乃自旁门入。忆十岁随祖母祝寿于西乡顾宅，阴雨兼旬，几上有《列国志》一部，翻阅之，仅解数语，阅三四本解者渐多，复从头翻阅，解者大半。归家后即借说部之易解者阅之，解有八九。除夕侍祖母守岁，竟夕阅《封神传》半部，《三国志》半部，所有细评无暇详览也。后读《左传》，其事迹可知，但于字句有不明者，讲解时尽心谛听，由是阅他书益易解矣。"我十岁时候正在本家的一个文童那里读《大学》，开始看小说还一直在后，大抵在两三年之后吧，但记得清楚的是十五岁时在看《阅微草堂笔记》。我的经验大概可以这样总结的说，由《镜花缘》《儒林外史》《西游记》《水浒传》等渐至《三国演义》，转到《聊斋志异》，这是从白话转入文言的径路，教我懂文言，并略知文言的趣味者，实在是这《聊斋》，并非什么经书或是古文读本。《聊斋志异》之后，自然是那些《夜谈随录》《淞隐漫录》等的假《聊斋》，一变而转入《阅微草堂笔记》，这样，旧派文言小说的两派都已入门，便自然而然的跑到唐代丛书里边去了。这里说的很简单轻便，事实上自然也要自有主宰，能够"得鱼忘筌"，乃能通过小说的阵地，获得些语文以及人事上的知识，而不至长久迷困在里面。现在说是回忆，也并不是追述故事，单只就比较记得的几种小说略为谈谈，也只是一点儿意见和印象，读者若是要看客观的批评的话，那只可请去求之于文学史中了。

　　首先要说的自然是《三国演义》。这并不是我最先看的，也不是最好的小说，它之所以重要是由于影响之大，而这影响又多是不良的。关于这书，我近时说过一节话，可以就抄在这里。"前几时借《三国演义》，重看一遍。从前还是在小时候看过的，现在觉得印象很不相同，真有点奇怪它的好处是在那里，这些年中意见有些变动，第一对于关羽，不但是伏魔大帝妖异的话，就是汉寿亭侯的忠义，也都怀疑了，觉得他不过是帮会里的一个英雄，其影响及于后代的只是桃园结义这一件事罢了。刘玄德我并不以为他一定应该做皇帝，无论中山靖王谱系的真伪如何，中国古来的皇帝本来谁都可以做的，并非必须姓刘的才行，以人物论实在也还不及孙曹，只是比曹瞒少杀人，这是他唯一的长处。诸葛孔明我也看不出他好在什么地方，《三国演义》里的那一套诡计，才比得《水浒》的吴学究，若说读书人所称道的鞠躬尽瘁死而后已的精神，又可惜那《后出师表》是后人假造，我们要成人之美，或者承认他治蜀之遗爱可能多有，不过这些在《三国演义》里没有说及。掩卷以后仔细回想，这书里的人物有谁值得佩服，很不容易说出来，末了终于只记起了一个孔融，他的故事在书里是没有什么，但这确是一个杰出的人，从前所见木板《三国演义》的绣像中，孔北海头上好像戴着一顶披肩帽，侧面画着，飘飘的长须吹在一边，这个样子也还不错。他是被曹瞒所杀的一人，我对于曹的这一点正是极不以为然的。"

　　其次讲到《水浒》，这部书比《三国演义》要有意思得多了。民国以后，我还看过几遍，其一是日本铜板小本，其二是有胡适之考证的新标点本，其三是刘半农影印的贯华堂评本，看时仍觉有趣味。《水浒》的人物中间，我始终最喜欢鲁智深，他是一个纯乎赤子之心的人，一生好打不平，都是事不干己的，对于女人毫无兴趣，却为了她们一再闹出事来，到处闯祸，而很少杀人，算来只有郑屠一人，也是因为他自己禁不起而打死的。这在《水浒》作者意中，不管他是否施耐庵，大概也是理想的人物之一吧。李逵我却不喜欢，虽然与宋江对比的时候也觉得痛快，他就只是好胡乱杀人，如江州救宋江时，不寻官兵厮杀，却只向人多处砍过去，可以说正是一只野猫，只有以兽道论是对的吧。——设计赚朱仝上山的那时，李逵在林子里杀了小衙内，把他梳着双丫角的头劈作两半，这件事我是始终觉得不能饶恕的。武松与石秀都是可怕的人，两人自然也分个上下，武松的可怕是煞辣，而石秀则是凶险，可怕以至可憎了。武松杀嫂以及飞云楼的一场，都是为报仇，石秀的逼杨雄杀潘巧云，为的要自己表白，完全是假公济私，这些情形向来都瞒不过看官们的眼，本来可以不必赘说。但是可以注意的是，前头武松杀了亲嫂，后面石秀又杀盟嫂，据金圣叹说来，固然可以说是由于作者故意要显他的手段，写出同而不同的两个场面来，可是事实上根本相同的则是两处都惨杀女人，在这上面作者似乎无意中露出了一点羊脚，即是他的女人憎恶的程度。《水浒》中杀人的事情也不少，而写杀潘金莲杀潘巧云迎儿处却是特别细致残忍，或有点欣赏的意思，在这里又显出淫虐狂的痕迹来了。十多年前，莫须有先生在报上写过小文章，对于《水浒》的憎女家态度很加非难，所以上边的意见也可以说是起源于他的。语云，饱暖思淫欲，似应续之曰，淫欲思暴虐。一夫多妻的东方古国，最容易有此变态，在文艺上都会得显示出来，上边所说只是最明显的一例罢了。

《封神传》《西游记》《镜花缘》，我把这三部书归在一起，或者有人以为不伦不类，不过我的这样排列法是有理由的。本来《封神传》是《东周列国》之流，大概从《武王伐纣书》转变出来的，原是历史演义，却着重在使役鬼神这一点上敷衍成那么一部怪书，见神见鬼的那么说怪话的书大约是无出其右的了。《西游记》因为是记唐僧取经的事，有人以为隐藏着什么教理，（却又说是道教的，"先生每"又何苦来要借和尚的光呢！）这里我不想讨论，虽然我自己原是不相信的，我只觉得它写孙行者和妖精的变化百出，很是好玩，与《封神传》也是一类。《镜花缘》前后实在是两部分，那些考女状元等等的女权说或者也有意义，我所喜欢的乃是那前半，即唐敖多九公漂洋的故事。这三种小说的性质如何不同且不管它，我只合在一处，在古来缺少童话的中国当作这一类的作品看，亦是慰情胜无的事情。《封神传》乡下人称为"纣鹿台"，虽然差不多已成为荒唐无稽的代名词，但是姜太公神位在此的红纸到处贴着，他手执杏黄旗骑着四不相的模样也是永久活在人的空想里，因为一切幻术都是童话世界的应有的陈设，缺少了便要感觉贫乏的。它的缺点只是没有个性，近似，单调，不过这也是童话或民话的特征，它每一则大抵都只是用了若干形式凑拼而成的，有如七巧图一般，摆得好的虽然也可以很好。孙行者的描写要好得多了，虽则猪八戒或者也不在他之下，其他的精怪则和阐截两教之神道差不多，也正是童话剧中的木头人而已，不过作者有许多地方都很用些幽默，所以更显示得有意思。儿童与老百姓是颇有幽默感的，所以好的童话和民话都含有滑稽趣味。我的祖父常喜欢讲，孙行者有一回战败逃走无处躲藏，只得摇身一变，变成一座古庙，剩下一根尾巴，苦于无处安顿，只好权作旗杆，放在后面。妖怪赶来一看，庙倒是不错，但是一根旗竿竖在庙背后，这种庙宇世上少有，一定是孙猴变的，于是终被看破了。这件故事看似寻常，却实在是儿童的想头，小孩听了一定要高兴发笑的，这便是价值的所在。几年前写过一篇五言十二韵，上去声通押的"诗"，是说《西游记》的，现在附录于下，作为补充的资料。

"儿时读《西游》，最喜孙行者。此猴有本领，言动近儒雅。变化无穷尽，童心最歆讶。亦有猪八戒，妙处在粗野。偷懒说谎话，时被师兄骂。却复近自然，读过亦难舍。虽是上西天，一路尽作耍，只苦老和尚，落难无假借。却令小读者，展卷忘昼夜。著书赠后人，于兹见真价。即使谈玄理，亦应如此写。买椟而还珠，一样致感谢。"

《镜花缘》的海外冒险部分，利用《山海经》《神异》《十洲》等的材料，在中国小说家可以说是唯一的尝试，虽然奇怪比不上水手辛八的《航海述奇》，(《天方夜谈》中的一篇有名故事，民国前有单行译本，即用这个名字，)但也是在无鸟树林里的蝙蝠，值得称赏，君子国白民国女人国的记事，富于诙谐与讽刺，即使比较英国的《格里佛游记》，不免如见大巫，却也总是个小巫，可以说是具体而微的一种杰作了。这三部书我觉得它都好，虽则已有多年不看，不过我至今还是如此想，这里可以有一个证明。还是在当学生的时代，得到了一本无编译者姓名的英文选本《天方夜谈》，如今事隔多年，又得了英国理查白顿译文的选本，翻译的信实是天下有名的，从新翻阅一遍，渔人与瓶里的妖神，女人和她的两只黑母狗，阿拉丁的神灯，阿利巴巴与四十个强盗和胡麻开门的故事都记了起来，这八百多页的书就耽读完了，把别的书物都暂时搁在一边。我相信假如现在再拿《西游记》或《封神传》来读，一定也会得将翻看着的唐诗搁下，专心去看那些妖怪神道的。——但是《天方夜谈》在中国，至今只有光绪年间金石的一种古文译本，好像是专供给我们老辈而不预备给小人们看似的，这真是一件很可惜的事。

《红楼梦》自然也不得不一谈，虽然关于这书谈的人太多了，多谈不但没用，而且也近于无聊，我只一说对于大观园里的女人意见如何。正册的二十四钗中，当然秋菊春兰各有其美，但我细细想过，觉得曹雪芹描写得最成功也最用力的乃是王熙凤，她的缺点和长处是不可分的，《红楼梦》里的人物好些固然像是实在有过的人一样，而凤姐则是最活现的一个，也自然最可喜。副册中我觉得晴雯很好，而袭人也不错，别人恐怕要说这是老子韩非同传，其实她有可取，不管好坏怎么地不一样。《红楼梦》的描写和语言是顶漂亮的，《儿女英雄传》在用语这一点上可以相比，我想拿来放在一起，二者运用北京话都很纯熟，因为原来作者都是旗人，《红楼梦》虽是清朝的书，但大观园中犹如桃源似的，时代的空气很是稀薄，起居服色写得极为朦胧，始终似在锦绣的戏台布景中，《儿女英雄传》则相反地表现得很是明确。前清科举考试的情形，世家家庭间的礼节辞令，有详细的描写，这是一种难得的特色。从前我说过几句批评，现在意见还是如此，可以再应用在这里：

"《儿女英雄传》还是三十多年前看过的，近来重读一遍，觉得实在写得不错。平常批评的人总说笔墨漂亮，思想陈腐。这第一句大抵是众口一词，没有什么问题，第二句也并未说错，不过我却有点意见。如要说书的来反对科举，自然除了《儒林外史》再也无人能及，但志在出将入相，而且还想入圣庙，则亦只好推《野叟曝言》去当选了，《儿女英雄传》作者的昼梦只是想点翰林，那时候恐怕只是常情，在小说里不见得是顶腐败，他又喜欢讲道学，而安老爷这个脚色在全书中差不多写得最好，我曾说过玩笑话，像安学海那样的道学家，我也不怕见见面，虽然我平常所顶不喜欢的东西道学家就是其一。此书作者自称恕道，觉得有几分对，大抵他通达人情物理，所以处处显得大方，就是其陈旧迂谬处也总不教人怎么生厌，这是许多作者都不易及的地方。写十三妹除了能仁寺前后一段稍为奇怪外，大体写得很好，天下自有这一种矜才使气的女孩儿，大约列公也曾遇见一位过来，略具一鳞半爪，应知鄙言非妄，不过这里集合起来，畅快的写一番罢了。书中对于女人的态度我觉得颇好，恐怕这或者是旗下的关系，其中只是承认阳奇阴偶的谬论，我们却也难深怪，此外总以一个人相对待，绝无淫虐狂的变态形迹，够得上说是健全的态度。小时候读弹词《天雨花》，很佩服左维明，但是他在阶前剑斩犯淫的侍女，至今留下一极恶的印象，若《水浒传》之特别憎恶女性，曾为废名所指摘，小说中如能无此污染，不可谓非难得而可贵也。"

我们顺便地就讲到《儒林外史》。它对于前清的读书社会整个的加以讽刺，不但是高翰林卫举人严贡生等人荒谬可笑，就是此外许多人，即使作者并无嘲弄的意思，而写了出来也是那个无聊社会的一分子，其无聊正是一样的。程鱼门在作者的传里说此书"穷极文士情态"，正是说得极对，而这又差不多以南方为对象的，与作者同时代的高南阜曾评南方士人多文俗，也可以给《儒林外史》中人物作一个总评。这书的缺限是专讲儒林，如今事隔百余年，教育制度有些变化了，读者恐要觉得疏远，比较的减少兴味，亦可未知，但是科举虽废，士大夫的传统还是俨存，诚如识者所说，青年人原是老头儿的儿子，读书人现在改称知识阶级，仍旧一代如一代，所以《儒林外史》的讽刺在这个时期还是长久有生命的。中国向来缺少讽刺滑稽的作品，这部书是唯一的好成绩，不过如喝一口酸辣的酒，里边多含一点苦味，这也实在是难怪的，水土本来有点儿苦，米与水自然也如此，虽有好酿手者奈之何。后来写这类谴责小说的也有人，但没有赶得上的，《二十年目睹之怪现状》，是一部笔记，虽有人恭维，我却未能佩服，吴趼人的老新党的思想往往不及前朝的人，（例如吴敬梓，）他始终是个成功的上海的报人罢了。

《品花宝鉴》与《儒林外史》《儿女英雄传》同是前清嘉道时代的作品，虽然是以北京的相公生活为主题，实在也是一部好的社会小说。书中除所写主要的几个人物过于修饰之外，其余次要的也就近于下流的各色人等，却都写得不错，有人曾说他写的脏，不知那里正是他的特色，那些人与事本来就是那么脏的，要写也就只有那么的不怕脏。这诚如理查白顿关于《香园》一书所说，这不是小孩子的书。中国有些书的确不是小孩子可以看的，但是有教育的成年人却应当一看，正如关于人生的黑暗面与比较的光明面他都该知道一样。有许多坏小说，在这里也不能说没有用处，不过第一要看的人有成人的心眼，也就是有主宰，知道怎么看。但是我老实说不一定有这里所需要的忍耐力，往往成见的好恶先出来了，明知《野叟曝言》里文素臣是内圣外王思想的代表，书中的思想极正统，极谬妄，极荒淫，很值得一读，可是我从前借得学堂同班的半部石印小字本，终于未曾看完而还了他。这部江阴夏老先生的大作，我竭诚推荐给研究中国文士思想和心理分析的朋友，是上好的资料，虽则我自己还未通读一过。

　　以上所说以民国以前为标准，所以《醒世因缘传》与《岐路灯》都没有说及。前者据胡博士考证，定为《聊斋》作者蒲留仙之作，我于五四以后才在北京得到一部，后者为河南人的大部著作，民国十四五年顷始有铅字本，第一册只有原本的四分之一，其余可惜未曾续出。《聊斋志异》与《阅微草堂笔记》系是短篇，与上边所谈的说部不同，虽然也还有什么可谈之处，却只可从略。《茶花女遗事》以下的翻译小说以及杂览的外国小说等，或因零星散佚，或在时期限制以外，也都不赘及。但是末了却还有一部书要提一下，虽然不是小说而是一种弹词。这即是《白蛇传》，通称"义妖传"，还有别的名称，我是看过那部弹词的，但是琐碎的描写都忘记了，所还记得的也只是那老太婆们所知道的水漫金山等等罢了。后来在北平友人家里，看见滦州影戏演这一出戏，又记忆了起来，曾写了一首诗，题曰"白蛇传"，现在转录于此，看似游戏，意思则照例原是很正经的。其诗云：

顷与友人语，谈及白蛇传。缅怀白娘娘，同声发嗟叹。许仙凡庸姿，艳福却非浅。蛇女虽异类，素衣何轻倩。相夫教儿子，妇德亦无间。称之曰义妖，存诚亦善善。何处来妖僧，打散双飞燕。禁闭雷峰塔，千年不复旦。滦州有影戏，此卷特哀艳。美眷终悲剧，儿女所怀念。想见合钵时，泪眼不忍看。女为释所憎，复为儒所贱。礼教与宗教，交织成偏见。弱者不敢言，中心怀怨恨。幼时翻弹词，文句未能念。绝恶法海像，指爪掐其面。前后掐者多，面目不可辨。迩来廿年前，塔倒经自现。白氏已得出，法海应照办。请师入钵中，永埋西湖畔。

报纸的盛衰

我的大舅父是前清的秀才，如果在世，年纪总在一百以上了。他是抽鸦片烟的，每天要中午才起身，说是起身也不过是醒了而已，除了盛夏以外，他起身并不下床，平常吃茶吃饭也还是在帐子里边，那里有一张矮桌子，又点着烟灯，所以没有什么不便，就是写信，这固然是极少有的，也可以在那里写。我在他家里曾经住过些时，不记得看见他穿了鞋子在地上走，普通总只在下午见床上有灯光，知道他已起来了，隔着帐子叫一声大舅舅就算了，只有一回，我见他衣冠整齐的走出房门来，那时是戊戌年秋天，我的小兄弟生了格鲁布肺炎——这病名自然是十年之后才知道的，母亲叫我去请了他来，因为他是懂得医道的。他赶紧穿了衣袜，同我一起坐了脚踏船走来，可是到来一看之后，他觉得病已危殆，无可用药，坐了一刻，随即悄然下船回到乡下去了。

他的生活看去很是颓废似的，可是不知怎的他却长年定阅《申报》。不晓得是从什么时候看起的，我住在那里时是甲午的前一年，他已经看着了。其时还没有邮政，他又住在乡下，订阅上海报是极其麻烦的，大概先由报馆发给杭州的申昌派报处，分交民信局寄至城内，再托航船带下，很费手脚，自然所费时光也很不少。假如每五七日一寄，乡下所能看到的总是半个多月以前的报纸了。他平常那么的疏懒，为什么又是这样不怕麻烦的要看《申报》呢？这个道理至今不懂，因为那时我太小了，不懂得问他，后来也猜想不出他的用意来，不能代他来回答。我只记得那时托了表兄妹问他去要了看过的报纸来，翻看出书的广告，由先兄用了小剪刀一一铰下来，因为反覆地看得多了，有些别的广告至今还记得清楚，有如乳白鳖鱼肝油，山得尔弥地之类，报纸内容不大记得了，只是有光纸单面印，长行小字的社会新闻，都用四字标题，如打散鸳鸯等，还约略记得。后来重看《点石斋画报》全集，标题与文体均甚为特别，如逢多年不见的故人，此盖是老牌的《申报》体，幸而得保存至今者也。

大舅父个人的意思我虽不知道，但那时候一般对于报纸的意见却可以懂得，不妨略为说明。中国革新运动的第一期是甲午至戊戌，知识阶级鉴于甲午之败，发起变法维新运动，士大夫觉悟读死书之无用，竞起而谈时务，讲西学，译书办报，盛极一时，用现今的眼光看去诚然不免浅薄，不过大旨总是不错。从前以为是中外流氓所办的报纸到了那时成为时务的入门书，凡是有志前进的都不可不看。我在故乡曾见有人展转借去一两个月前的《申报》，志诚的阅读，虽然看不出什么道理，却总不敢菲薄，只怪自己不了解，有如我们看禅宗语录一般。不喜欢时务的人自然不是这样，他不但不肯硬着头皮去看这些满纸洋油气的新闻了，而且还要非议变法运动之无谓，可是他对于新闻的态度是远鬼神而敬之。他不要看新闻，却仍是信托它，凡是有什么事情，只要是已见于《申报》，那么这也就一定是不会假的了，其确实的程度盖不下于"何桥的三大人"所说的话，这似乎是一件小事，其实关系是很大的。从前以为是中外流氓所办的报上的话，一转眼间在半封建的社会里得到了很大的信用，其势力不下于地主乡绅的说话，这个转变的确不能算是小呀。

我在上边噜嗦的说了一大篇，目的无非是想说明过去时代中新闻在民间有过多么大的势力，谈时务的人以它为指南，寻常百姓也相信它的报道极可信托，所记的事都是实在，为它所骂的全是活该，凡是被登过报的人便是遭了"贝壳流放"，比政府的徒流还要坏，因为中国司法之腐败，是为老百姓所熟知的。无冕帝皇呀，那时的新闻记者真够得上这个荣誉的名号了。可是好景不常，恰似目前的金圆券，初出来时以二对一兑换银元，过了半年之后变了二万对一，整整的落下了一万倍，所不同的是新闻盛衰中间更隔着长的岁月，大概总有二三十年，比起金圆券来自然更有面子了，虽其惨败的情形原是相差无几。新闻信用的极盛时期大约是在清末，至民初已经有点盛极而衰，其下坡的期日自难确定，姑且算是二十年前后吧，于今已将有二十载的光阴了。说是衰也衰不到那里去，纸与印刷，行款与格式，都改好得多了，人才众多，经济充裕，一切比以前为强了，继续办下去发达下去是不成问题的，这岂不正是盛的现象么？我想是的，这在物质上正是兴盛，可是在别方面上，假如可以说精神上，那至少不如此了，即使我们且不说是衰也罢。总之大家不再信托新闻，不再以为凡是有什么事情，只要是已见于《申报》，那么这也就一定是不会假的了。（案乡下人称一切报纸皆曰"申报"，申读若升，

174

大概由于他们最初只知道有《申报》，有如西人用秦人的名称来叫我们中国人吧。）在二十年前，我的一个小侄儿翻阅报纸后发表他的感想道，我想这里边所记的，大约只有洋车夫打架的事是真的吧。那时他只有十三四岁，现时尚在正是少壮的青年，他的意见如此，可以推见一般的情形。我虽然曾见新闻的黄金时代，但是现在不得不说这是铁时代了。我的小侄儿曾说只有洋车夫打架是真的，这已经是厚道，现今的人或者要说，洋车夫打架虽有其事，所记却是靠不住，又或相信报上所说不但是假话而且还是反话，什么都要反过来看才对，这不仅是看夹缝，乃是去看报纸背了。叫青年养成多疑邪推的性质，实在是很不好的事，但是我们又那能够怪得他们呢。

　　我个人的态度可以附带地记在下面。我自己不曾买报，因为这太贵，每日只是拿同住的朋友所买的报来看一下。我不大注意政治要闻，因为很少重要的消息，一星期两星期的下去总还是那一套，没有什么值得注意的。有一回我把这个意思简单地写信告诉一位在报馆里的朋友，他回信说我就在这里编要闻，这使我觉得非常抱歉，不过在我也是实情，这里只得直说。我把报纸打开，第一留心要看的是否邮资已调整，大头涨到多少了，这些都决不会假，而且与自己有关系的，所以非看不可。时事与国际新闻的题目一览之后，翻过来看副刊，这里边往往有些可读的文章，要费去我读报的时间的三分之二。末了，假如拿到新闻报，则再加添时间去看分类广告，凡是寻人，赔罪，离婚等等的启事，都要看它一下，出顶房屋也挑选了看，所完全不读的大抵只是遗失身份证的声明而已。若是有好通信好记事,如从前《观察》《展望》上登过的那种文章,我也很是喜欢读,不过很难得碰见,亦是无可如何。我这个态度并不是只对于中国报如此,偶然看见外国报也是一样的看法,譬如美国有名的《时代周刊》,一本要卖好几千块金圆券,我借到手也是浪费的翻过去,挑几个题目来读过一遍之后,难得感觉不上当,每回看了满意的是一栏杂俎,集录有趣的小新闻,有些妙得可以收入《笑林》里去。3月14日的一期内有这一则,今译录于后:

    在落杉矶,有偷儿潜入查理杜斐的饮食店,饱餐一顿,去后留下一张字条道,牛排太韧。

关于近代散文

我与国文的因缘说起来很有点儿离奇。我曾经在大学里讲过几年国文，可是我自己知道不是弄国文的，不能担当这种工作。在书房里我只读完了四书，五经则才读了一半，这就是说《诗》与《易》，此外都只一小部分。进了水师学堂之后，每礼拜有一天的汉文功课，照例做一篇管仲论之类的文章，老师只给加些圈点，并未教示什么义法与规矩。民国前六年往日本，这以后就专心想介绍翻译外国文学，虽然成绩不能很好，除了长篇小说三部，中篇二部，即《炭画》与《黄蔷薇》之外，只有两册《域外小说集》刊行于世。民国元年在本省教育司做了半年卧病的视学，后来改而教书，自二年至六年这中间足足五十个月，当了省立第五中学的英文教员，至其年四月这才离开绍兴，来到北京。当时蔡孑民先生接办北京大学，由家兄写信来叫我，说是有希腊罗马文学史及古英文等几门功课，可以分给我担任，于是跑来一看，反正那时节火车二等单趟不过三四十元，出门不是什么难事。及至与蔡先生见面，说学期中间不能添开功课，这本来是事实，还是教点预科的作文吧。这使我听了大为丧气，并不是因为教不到本科的功课，实在觉得国文非我能力所及，虽然经钱玄同沈尹默诸位朋友竭力劝挽，我也总是不答应，从马神庙回寓的路上就想定再玩两三日，还是回绍兴去。可是第二天早半天蔡先生到会馆来，叫我暂在北大附设的国史编纂处充任编纂之职，月薪一百二十元，刚在洪宪倒坏之后，中交票不兑现，只作五六折使用，却也不好推辞，便即留下，在北京过初次的夏天。这其间不幸发了一次很严重的疹子，接着又遇见那滑稽而丑恶的复辟，这增进了我好些见识，所以也可以说是不幸中之幸。秋间北大开学，我加聘为文科教授，担任希腊罗马文学史欧洲文学史两课各三小时，一面翻译些外国小说，送给《新青年》发表，又在《晨报副刊》上写点小文章，这样仿佛是我的工作上了轨道，至文学研究会成立，沈雁冰郑西谛接办《小说月报》，文学运动亦已开始了。恰巧友人沈尹默钱玄同马幼渔叔平隅卿等在办理孔德学校，拉我参加，尹默托我代改高小国文作文本，我也答应了，现今想起来是我与国文发生关系之始，其后又与尹默玄同分担任初中四年国文教课，则已在民国十二三年顷矣。十一年夏天承胡适之先生的介绍，叫我到燕京大学去教书，所担任的是中国文学系的新文学组，我被这新字所误，贸贸然应允了，岂知这还是国文，根本原是与我在五年前所坚不肯担任的东西一样，真是大上其当。这不知怎样解说好，是缘分呢，还是运命，我总之是非教国文不可。那时教师只是我一个人，助教是许地山，到第二年才添了一位讲师，便是俞平伯。我的功课是两小时，地山帮教两小时，即是我的国语文学这一门的一部分。我自己担任的国语文学大概也是两小时吧，我不知道这应当怎样教法，要单讲现时白话文，随后拉过去与《儒林外史》《红楼梦》《水浒传》相连接，虽是容易，却没有多大意思，或者不如再追上去，到古文里去看也好。我最初的教案便是如此，从现代起手，先讲胡适之的《建设的文学革命论》，其次是俞平伯的《西湖六月十八夜》，底下就没有什么了。其时冰心女士还在这班里上课，废名则刚进北大预科，徐志摩更是尚未出现，这些人的文章后来也都曾选过，不过那是在民国十七八年的时候。这之后加进一点话译的《旧约》圣书，是《传道书》与《路得记》吧，接着便是《儒林外史》的楔子，讲王冕的那一回，别的白话小说就此略过，接下去是金冬心的《画竹题记》等，郑板桥的题记和家书数通，李笠翁的《闲情偶寄》抄，金圣叹的《水浒传序》。明朝的有张宗子，王季重，刘同人，以至李卓吾，不久随即加入了三袁，及倪元璐，谭友夏，李开先，屠隆，沈承，祁彪佳，陈继儒诸人，这些改变的前后年月现今也不大记得清楚了。大概在这三数年内，资料逐渐收集，意见亦由假定而渐确实，后来因沈兼士先生招赴辅仁大学讲演，便约略说一过，也别无什么新鲜意思，只是看出所谓新文学在中国的土里原有他的根，只要着力培养，自然会长出新芽来，大家的努力决不白费，这是民国二十一年的事。至于资料，又渐由积聚而归删汰，除重要的几个人以外，有些文章都不收入，又集中于明代，起于李卓吾，以李笠翁为殿，这一回再三斟酌，共留存了十人，文章长短七十余篇，重复看了一遍，看出其中可以分作两路，一是叙景兼事的纪游文，一是说理的序文，大抵关于思想文学问题的，此本出于偶然，但是我想到最初所选用的胡俞二君的大文，也正是这两条路的代表作，我觉得这偶然便大有意味，说是非偶然亦可也。还有一层，明季的新文学发动于李卓吾，其思想的分子很是重要，容肇祖君在《李卓吾评传》中也曾说及。民初的新文学运动正是一样，他与礼教问题是密切有关的，形式上是文字文体的改革，但假如将其中的思想部分搁下不提，那么这运动便成了出了气的烧酒，只剩下新文艺腔，以供各派新八股之采用而已。明末这些散文，我们这里称之曰近代散文，虽然已是三百年前，其思想精神却是新的，这就是李卓吾的一点非圣无法气之留遗，说得简单一点，不承认权威，疾虚妄，重情理，这也就是现代精神，现代新文学如无此精神也是不能生长的。古今不同的地方有这一点，李卓吾打破固有的虚妄，却是走进佛教里去，被道学家称为异端，现今则以中国固有的疾虚妄的精神为主，站在儒家的立场来清算一切谬误，接受科学知识做帮助，这既非教旨，亦无国属，故能有利无弊。我本来不是弄国文的人，现在却来谈论国文，又似乎很有意见，说的津津有味，岂不怪哉。我自己还是相信没有教国文的能力，但我是中国人，对于汉文自不能一点不懂不会，至少与别的事物相比总得要多知道一点，而且究竟讲过十年以上，虽然不知说的对与不对，总之于不知为不知之外问我所知，则国文终不得不拿来搪塞说是其一矣。近代散文的资料至今存在，闲中取阅，重为订定，人数篇数具如上述。国文教员乐得摆脱，破书断简落在打鼓担里有何可惜，但凡有所主张亦即有其责任，我今对于此事更有说明，非重视什么主张，实只是表明自己的责任而已。

民国三十四年七月二十七日，在北京。

180

谈文章

前几时我在一篇文章里曾经这样说："我不懂文学，但知道文章的好坏。"这句话看来难免有点夸大狂妄，实在也未必然，我所说的本是实话，只是少欠婉曲，所以觉得似乎不大客气罢了。不佞束发受书于今已四十年，经过这么长的岁月，活孙种树似的搬弄这些鸟线装书，假如还不能辨别得一点好坏，岂不是太可怜了么？古董店里当徒弟，过了三四年也该懂得一个大概，不致于把花石雕成的光头人像看作玉佛了吧，可是我们的学习却要花上十倍的工夫，真是抱愧之至。我说知道文章的好坏，仔细想来实在还是感慨系之矣。

文章这件古董会得看了，可是对于自己的做文章别无好处，不，有时不但无益而且反会有害。看了好文章，觉得不容易做，这自然也是一个理由，不过并不重大，因为我们本来不大有这种野心，想拿了自己的东西去和前人比美的。理由倒是在看了坏文章，觉得很容易做成这个样子，想起来实在令人扫兴。虽然前车既覆来轸方遒，在世间原是常有的事，比美比不过，就同你比丑，此丑文之所以不绝迹于世也，但是这也是一种豪杰之士所为，若是平常人未必有如此热心，自然多废然而返了。譬如泰西豪杰以该撒威廉为理想，我也不必再加臧否，只看照相上鼓目裂嘴的样子便不大喜欢，假如做豪杰必须做出那副嘴脸，那么我就有点不愿意做，还是仍旧当个小百姓好，虽然明知生活要吃苦，总还不难看，盖有大志而显丑态或者尚可补偿，凡人则不值得如此也。

做文章最容易犯的毛病其一便是作态，犯时文章就坏了。我看有些文章本来并不坏的，他有意思要说，有词句足用，原可好好的写出来，不过这里却有一个难关。文章是个人所写，对手却是多数人，所以这与演说相近，而演说更与做戏相差不远。演说者有话想说服大众，然而也容易反为大众所支配，有一句话或一举动被听众所赏识，常不免无意识的重演，如拍桌说大家应当冲锋，得到鼓掌与喝采，下面便怒吼说大家不可不冲锋不能不冲锋，拍桌使玻璃杯都蹦跳了。这样，引导听众的演说与娱乐观众的做戏实在已没有多大区别。我是不懂戏文的，但听人家说好的戏子也并不是这样演法，他有自己的规矩，不肯轻易屈己从人。小时候听长辈谈故乡的一个戏子的轶事，他把徒弟教成功了，叫他上台去演戏的时候，吩咐道：你自己演唱要紧，戏台下鼻孔像烟通似的那班家伙你千万不要去理他。乡间戏子有这样见识，可见他对于自己的技术确有自信，贤于一般的政客文人矣。我读古今文章，往往看出破绽，这便是说同演说家一样，仿佛听他榨扁了嗓子在吼叫了，在拍桌了，在努目厉齿了，种种怪相都从纸上露出来，有如圆光似的，所不同者我并不要念咒画符，只须揭开书本子来就成了。文人在书房里写文章，心目却全注在看官身上，结果写出来的尽管应有尽有，却只缺少其所本有耳。这里只抽象的说，我却见过好些实例，触目惊心，深觉得文章不好写，一不小心便会现出丑态来，即使别无卑鄙的用意，也是很不好看。我们自己可以试验了看，如有几个朋友谈天，谈到兴高采烈的时候各人都容易乘兴而言，即不失言也常要口气加重致超过原意之上，此种经验人人可有，移在文章上便使作者本意迷胡，若再有趋避的意识那就成为丑态，虽然迹甚隐微，但在略识古董的伙计看去则固显然可知也。往往有举世推尊的文章我看了胸中作恶，如古代的韩退之即其一也。因有前车之鉴，使我更觉文章不容易写，但此事于我总是一个好教训，实际亦有不少好处耳。

乙酉六月

遗失的原稿

　　我从光绪甲辰年开始写文章，于今已有四十年以上了，出版的单行本连翻译在内也有四十几册，想起来时光过的真快，浪费的纸墨也不算少，这如掉一句文正该称之曰灾梨祸枣吧。现在存留的文章不为不多，虽然仔细的看起来可存的也实在无几，但是对于偶然遗失了的几篇却总觉得可惜，不免有时还要想起。这里值得一说的是很早的一部译稿，这是俄国亚力克舍托尔斯泰所著的历史小说，原名"银公爵"，译文有十万多字。这位大托尔斯泰比那《战争与和平》的著者年纪要大十一岁，虽然不及他的后辈那么有名，可是他那小书在本国大受欢迎，我们看了也觉得非常有趣。这里边讲的是俄皇伊凡第四时代的故事，他据说是有点精神病的，很有信心而又极是凶暴，当时称为可怕的伊凡。书中的主人公虽是银公爵，原姓舍勃良尼，译意曰银氏，是呱呱叫的烈士忠臣，也是个美男子，但是总不大有生气，有如戏文里的落难公子，出台来唤不起观众的兴趣，倒是那半疯狂的俄皇以及懂得妖法的磨工，虽只是二花面或小丑脚色，却令人读了津津有味，有时不禁要发笑。光绪丙午九月我到东京，住在本乡汤岛的伏见馆内，慢慢动手翻译英国哈葛得安特路郎共著的小说《世界欲》，至丁未二月译成，改名为"红星佚史"，由故蔡谷清君介绍，卖给商务印书馆，得价洋二百元。那年夏天由汤岛移居东竹町，在旧书店买得《银公爵》的英文译本，名曰"可怕的伊凡"，是一种六便士的粗印本，可是内容很有趣味，于是计划来翻译，大概是在丁未之冬完成的吧，因为是用拟古文翻译的，所以觉得原名"银公爵"不甚雅驯，改称曰"劲草"。这译文是我起草，由鲁迅抄录，用蓝格的日本纸，订成一厚本，又寄给商务印书馆去。不久原稿退了回来，说此书已经译出付印，当然不能再收了。后来那本译本印了出来，书名"不测之威"，似不著译人姓名，我们披读了一回之后，虽然不敢说自己的译得好，毕竟敝帚自珍，人情之常，也无足怪。译书卖钱以还书债，这预算一时顿挫了，不得不为补救之计，结果是那册匈加利育河摩尔的小说，译名是"匈奴奇士录"，如序上所记其时为戊申五月，《劲草》的译稿收在柳条箱内，辛亥年秋间带回绍兴，民国初二年间又由鲁迅携至北京，想寻找发表的机会，最初交给某杂志社，其次交给某日报社，终于不能登出，末了连信息都没有，因为社是在外埠，所以就此了结了。这是遗失的原稿的第一件，虽然这事已在三十年前，只因对于原书尚有爱好之意，现今想起来还不免觉得可惜。

其次是"夜读抄"内的一篇，原名"习俗与神话"，是讲安特路郎的人类学派的神话解说的，民国二十年冬间写出，寄给东方杂志社，预备登在三月号上，可是上海战争勃发，这篇稿子也就毁于宝山路的一炬之中了。安特路郎的书曾经给过我许多益处，不能轻易忘记，像神话学这样冷货色，又觉得少有人理会，也须得略为介绍，很想补写一篇，可是徒有心愿，提不起兴致来，亦是徒然。直至二十二年的年底，这才重新来写，题目虽还是一样，内容大概已全不相同，又位置仍旧列在"夜读抄"第三，依年月来说却应当算是第十篇了。第三次是在民国二十六年的七月，写了一篇《藏砖小记》，寄给天津《大公报》，供文学周刊之用。其时卢沟桥事件已经发生，大家希望不会扩大，都还沉住了气各自做他的事，不料战火一发不可复收，天津陷落之后，我的那篇原稿也就不可复问了。所记的各种古砖寒斋里都保存着，而且也还是一两块的增加，如北燕太平三年残砖，又北魏延昌元山并州故民孙抚孙妻赵丑女买墓地砖蒚，有文四行八十二字，末说明引时人为中证之故，来时恍惚，不识古人，说的很有意思。如要补作一篇小记，也并不难，可是补写亡失的文章这事比草创要难得多，需要更大的努力，这也可以说是勉强，所以后来一直都没有写，这回编订《秉烛后谈》时便索性将原有的篇目勾除了。

近时又有一回，这是去年十月所写的续草木虫鱼之一篇名曰"蚯蚓"，是老老实实的讲蚯蚓的文章。恰巧龚冰庐君来信说要办杂志，我就把这小文寄去凑热闹，到了十二月中龚君还托人带稿费来，实在受之有愧，却之不恭，因为我写文章的报酬是从每千字零元起算，如逢朋友们办刊物自然照这一条办理，龚君未免太是客气了。可是后来龚君听说卧病，旋即逝世，杂志未能刊出，那篇《蚯蚓》我不曾留有底稿，现今无法追寻，也只好以遗失论了。我并不想冒牌去写科学小品，因为这在我是外行，不敢乱说，只是对于昆虫稍有兴趣，心想少为写一点出来，庶不虚负我的好意。这篇小文从孟子的上食槁壤下饮黄泉说起，引用英国怀德、达尔文、汤姆生诸人著书中的话，说明蚯蚓对于土壤的工作及其功劳，随后又说到蚯蚓的雌雄同体，在《山海经》上常有自为牝牡之句，容易使读者误解或是疑惑，这里便引了瑞德女医师所著《性是什么》的第二章中所述蚯蚓的生殖，由此可知雌雄同体之异体授精状态，是很有意思的事。这些材料全都存在，重写一篇也还容易，但是再也无此兴致，那么只能算了，虽然心里还是惋惜，文章本不足道，便是材料颇好，上边列举出来，希望或者可以有人利用。《蚯蚓》之后又写了一篇《萤火》，根据法勃尔《昆虫记》，说萤火吃蜗牛的故事，这篇小文却不曾失掉，老实说这倒并不觉得喜欢，若是遗失也不怎么可惜也。

在这些文章之中最不能忘记的还是那小说的译本。普通的论文随笔原是自己所写的，有如萧老公在台城所说，自我得之，自我失之，亦复何恨。而且自作的文章无论怎么敝帚自珍，到底也只是敝帚，若是翻译则原本是别人的东西，总要比自己的好，倘有失误，仿佛是有负委托，个人的徒劳倒在其次。自己如有力量，还应多去做点翻译工作，庶几于人有益，不过翻译实在要比写作为难，所以未能如愿。文章觉得非写不可而尚未写出的，想起来也不大有，反正是只好从第二三句话说起，不说亦无甚关系，但是心想翻译的文章或是书却并不少，这一件事实在是很值得考虑的。

民国三十四年六月二十八日，北京。

附记

这篇文章写了不久，得上海友人来信，说《蚯蚓》抄有副本，由龚君交某君收存，现在已展转找到，可以收入《立春以前》里边去了。这有如路上遗金复得，自然是很可感谢的事，这里本文不再删改，只在此说明一下，因为此文主要目的是纪念《劲草》，其余原只是陪衬也。

七月三日记。

谈　文

这几天翻阅近人笔记，见叶松石著《煮药漫抄》卷下有这一节，觉得很有意思。

> 少年爱绮丽，壮年爱豪放，中年爱简练，老年爱淡远。学随年进，要不可以无真趣，则诗自可观。

叶松石在同治末年曾受日本文部省之聘，往东京外国语学校教汉文，光绪五六年间又去西京住过一年多，《煮药漫抄》就是那时候所著。但他压根儿还是诗人，《漫抄》也原是诗话之流，上边所引的话也是论诗的，虽然这可以通用于文章与思想，我觉得有意思的就在这里。

学随年进，这句话或者未可一概而论，大抵随年岁而变化，似乎较妥当一点。因了年岁的不同，一个人的爱好与其所能造作的东西自然也异其特色，我们如把绮丽与豪放并在一处，简练与淡远并在一处，可以分作两类，姑以中年前后分界，称之曰前期后期。中国人向来尊重老成，如非过了中年不敢轻言著作，就是编订自己少作，或评论人家作品的时候也总以此为标准，所以除了有些个性特别强的人，又是特别在诗词中，还留存若干绮丽豪放的以外，平常文章几乎无不是中年老年即上文所云后期的产物，也有真的，自然也有仿制的。我们看唐宋以至明清八大家的讲义法的古文，历代文人讲考据或义理的笔记等，随处可以证明。那时候叫青年人读书，便是强迫他们磨灭了纯真的本性，慢慢人为地造成一种近似老年的心境，使能接受那些文学的遗产。这种办法有的也很成功的，不过他需要相当的代价，有时往往还是得不偿失。少年老成的人是把老年提先了，少年未必就此取消，大抵到后来再补出来，发生冬行春令的景象。我们常见智识界的权威平日超人似地发表高尚的教训，或是提倡新的或是拥护旧的道德，听了着实叫人惊服，可是不久就有些浪漫的事实出现，证明言行不一致，于是信用扫地，一塌胡涂。我们见了破口大骂，本可不必，而且也颇冤枉，这实是违反人性的教育习惯之罪，这些都只是牺牲耳。《大学》有云"是谓拂人之性，菑必逮夫身"。现今正是读经的时代，经训不可不三思也。

少年壮年中年老年，各有他的时代，各有他的内容，不可互相侵犯，也不可颠倒错乱。最好的办法还是顺其自然，各得其所。北京有一首儿歌说得好，可以唱给诸公一听：

> 新年来到，糖瓜祭灶。
> 姑娘要花，小子要炮。
> 老头子要戴新呢帽，
> 老婆子要吃大花糕。

（七月）

（1935年7月21日刊于《实报》，署名知堂）

再谈文

鄙人近来很想写文章，却终于写不出什么文章来。这为什么缘故呢？力量不够，自然是其一。然而此外还有理由。

写文章之难有二，自古已然，于今为烈。这可以用《笑林》里的两句话来做代表，一是妙不可言，二是不可言妙。

情动于中而形于言，这自是定理，但是言往往不足以达情，有言短情长之感。佛教里的禅宗不立文字，就是儒家也有相似的意思，如屈翁山在《广东新语》中记"白沙之学"云：

"白沙先生又谓此理之妙不可言，吾或有得焉，心得而存之，口不可而言之。比试言之，则已非在吾所存矣，故凡有得而可言，皆不足以得言。"这还是关于心性之学的话，在文学上也是如此。司空表圣有"不着一字尽得风流"一境，固然稍嫌玄虚，但陶渊明诗亦云，"此中有真意，欲辩已忘言"，可知这是实在有的，不过在我们凡人少遇见这些经验而已。没有经验，便不知此妙境，知道了时又苦于不可得而言，所以结果终是难也。

有人相信文字有灵，于是一定要那么说，仿佛是当做咒语用，当然也就有人一定不让那么说。这在文字有灵说的立场上都是讲得通的，两方面该是莫逆于心，相视而笑了，但是也有觉得文字无灵的，他们想随便写写说说，却有些不大方便。因为本来觉得无灵，所以也未必非说不可地想硬说，不过可以说的话既然有限制，那么说起来自然有枯窘之苦了。

话虽如此，这于我都没有多大关系，因为我并无任何的"妙"要说，无论是说不出或是说不得的那一种。我写文章，一半为的是自己高兴，一半也想给读者一点好处，不问是在文章或思想上。我常想普通在杂志新闻上写文章不外三种态度。甲曰老生常谈，是启蒙的态度。乙曰市场说书，是营业的。丙曰差役传话，是宣传的。我自己大约是甲加一点乙，本是老翁道家常，却又希望看官们也还肯听，至少也不要一句不听地都走散。但是，这是大难大难。有些朋友是专喜欢听差役传话的，那是无法应酬，至于喜说书原是人情之常，我们固然没有才能去学那一套，但也不可不学他们一点，要知道一点主顾的嗜好。这个便绝不容易。中年知识阶级的事情我略知一二，他们不能脱除专制思想与科举制度的影响，常在口头心头的总不出道德仁义与爵禄子女，这个恕难奉陪，所以中年的读物虽然也应该供给却是无从下手，只好暂且不谈。大众是怎样呢？这是大家所很想知道的，特别是在我们现今在报上写点小文章的人。可惜我还未能明确地知道。约略一估量，难道他们竟是承受中年知识阶级的衣钵的么？这个我不敢信，也不敢就断然不信。总之，我还不清楚大众喜欢听什么话；因此未能有所尽言，我所说的文章（写了聊以自娱的文章在外）之难写就是这个缘故。

九月

（1935年9月29日刊于《实报》，署名知堂）

文艺上的宽容

英国伯利（Bury）教授著《思想自由史》第四章上有几句话道，"新派对于罗马教会的反叛之理智上的根据，是私人判断的权利，便是宗教自由的要义。但是那改革家只对于他们自己这样主张，而且一到他们将自己的信条造成了之后，又将这主张取消了。"这个情形不但在宗教上是如此，每逢文艺上一种新派起来的时候，必定有许多人，——自己是前一次革命成功的英雄，拿了批评上的许多大道理，来堵塞新潮流的进行。我们在文艺的历史上看见这种情形的反复出现，不免要笑，觉得聪明的批评家之希有，实不下于创作的天才。主张自己的判断的权利而不承认他人中的自我，为一切不宽容的原因，文学家过于尊信自己的流别，以为是唯一的"道"，至于蔑视别派为异端，虽然也无足怪，然而与文艺的本性实在很相违背了。

文艺以自己表现为主体，以感染他人为作用，是个人的而亦为人类的，所以文艺的条件是自己表现，其余思想与技术上的派别都在其次，——是研究的人便宜上的分类，不是文艺本质上判分优劣的标准。各人的个性既然是各各不同，（虽然在终极仍有相同之一点，即是人性，）那么发现出来的文艺，当然是不相同。现在倘若拿了批评上的大道理要去强迫统一，即使这不可能的事情居然实现了，这样文艺作品已经失了他唯一的条件，其实不能成为文艺了。因为文艺的生命是自由不是平等，是分离不是合并，所以宽容是文艺发达的必要的条件。

然而宽容决不是忍受。不滥用权威去阻遏他人的自由发展是宽容，任凭权威来阻遏自己的自由发展而不反抗是忍受。正当的规则是，当自己求自由发展时对于迫压的势力，不应取忍受的态度；当自己成了已成势力之后，对于他人的自由发展，不可不取宽容的态度。聪明的批评家自己不妨属于已成势力的一分子，但同时应有对于新兴潮流的理解与承认。他的批评是印象的鉴赏，不是法理的判决，是诗人的而非学者的批评。文学固然可以成为科学的研究，但只是已往事实的综合与分析，不能作为未来的无限发展的轨范。文艺上的激变不是破坏（文艺的）法律，乃是增加条文，譬如无韵诗的提倡，似乎是破坏了"诗必须有韵"的法令，其实他只是改定了旧时狭隘的范围，将他放大，以为"诗可以无韵"罢了。表示生命之颤动的文学，当然没有不变的科律；历代的文艺在自己的时代都是一代的成就，在全体上只是一个过程。要问文艺到什么程度是大成了，那犹如问文化怎样是极顶一样，都是不能回答的事，因为进化是没有止境的。许多人错把全体的一过程认做永久的完成，所以才有那些无聊的争执，其实只是自扰，何不将这白费的力气去做正当的事，走自己的路程呢。

近来有一群守旧[1]的新学者，常拿了新文学家的"发挥个性，注重创造"的话做挡牌，以为他们不应该"而对于为文言者仇雠视之"；这意思似乎和我所说的宽容有点相像，但其实是全不相干的。宽容者对于过去的文艺固然予以相当的承认与尊重，但是无所用其宽容，因为这种文艺已经过去了，不是现在的势力所能干涉，便再没有宽容的问题了。所谓宽容乃是说已成势力对于新兴流派的态度，正如壮年人的听任青年的活动：其重要的根据，在于活动变化是生命的本质，无论流派怎么不同，但其发展个性注重创造，同是人生的文学的方向，现象上或是反抗，在全体上实是继续，所以应该宽容，听其自由发育。若是"为文言"或拟古（无论拟古典或拟传奇派）的人们，既然不是新兴的更进一步的流派，当然不在宽容之列。——这句话或者有点语病，当然不是说可以"仇雠视之"，不过说用不着人家的宽容罢了。他们遵守过去的权威的人，背后得有大多数人的拥护，还怕谁去迫害他们呢。老实说，在中国现在文艺界上宽容旧派还不成为问题，倒是新派究竟已否成为势力，应否忍受旧派的迫压，却是未可疏忽的一个问题。

临末还有一句附加的说明，旧派的不在宽容之列的理由，是他们不合发展个性的条件。服从权威正是把个性汩没了，还发展什么来。新古典派——并非英国十八世纪的——与新传奇派，是融和而

---

1 原作"致"。

非模拟，所以仍是有个性的。至于现代的古文派，却只有一个拟古的通性罢了。

（1922年2月5日刊于《晨报副镌》，署名仲密）

贵族的与平民的

关于文艺上贵族的与平民的精神这个问题，已经有许多人讨论过，大都以为平民的最好，贵族的是全坏的。我自己以前也是这样想，现在却觉得有点怀疑。变动而相连续的文艺，是否可以这样截然的划分；或者拿来代表一时代的趋势，未尝不可，但是可以这样显然的判出优劣么？我想这不免有点不妥，因为我们离开了实际的社会问题，只就文艺上说，贵族的与平民的精神，都是人的表现，不能指定谁是谁非，正如规律的普遍的古典精神与自由的特殊的传奇精神，虽似相反而实并存，没有消灭的时候。

人家说近代文学是平民的，十九世纪以前的文学是贵族的，虽然也是事实，但未免有点皮相。在文艺不能维持生活的时代，固然只有那些贵族或中产阶级才能去弄文学，但是推上去到了古代，却见文艺的初期又是平民的了。我们看见史诗的歌咏神人英雄的事迹，容易误解以为"歌功颂德"，是贵族文学的滥觞，其实他正是平民的文学的真鼎呢。所以拿了社会阶级上的贵族与平民这两个称号，照着本义移用到文学上来，想划分两种阶级的作品，当然是不可能的事。即使如我先前在《平民的文学》一篇文里，用普遍与真挚两个条件，去做区分平民的与贵族的文学的标准，也觉得不很妥当。

我觉得古代的贵族文学里并不缺乏真挚的作品，而真挚的作品便自有普遍的可能性，不论思想与形式的如何。我现在的意见，以为在文艺上可以假定有贵族的与平民的这两种精神，但只是对于人生的两样态度，是人类共通的，并不专属于某一阶级，虽然他的分布最初与经济状况有关，——这便是两个名称的来源。

平民的精神可以说是淑本好耳所说的求生意志，贵族的精神便是尼采所说的求胜意志了。前者是要求有限的平凡的存在，后者是要求无限的超越的发展；前者完全是入世的，后者却几乎有点出世的了。这些渺茫的话，我们倘引中国文学的例，略略比较，就可以得到具体的释解。中国汉晋六朝的诗歌，大家承认是贵族文学，元代的戏剧是平民文学。两者的差异，不仅在于一是用古文所写，一是用白话所写，也不在于一是士大夫所作，一是无名的人所作，乃是在于两者的人生观的不同。我们倘以历史的眼光看去，觉得这是国语文学发达的正轨，但是我们将这两者比较的读去，总觉得对于后者有一种漠然的不满足。这当然是因个人的气质而异，但我同我的朋友疑古君谈及，他也是这样感想。我们所不满足的，是这一代里平民文学的思想，大是现世的利禄的了，没有超越现代的精神；他们是认人生，只是太乐天了，就是对于现状太满意了。贵族阶级在社会上凭借了自己的特殊权利，世间一切可能的幸福都得享受，更没有什么歆羡与留恋，因此引起一种超越的追求，在诗歌上的隐逸神仙的思想即是这样精神的表现。至于平民，于人们应得的生活的悦乐还不能得到，他的理想自然是限于这可望而不可即的贵族生活，此外更没有别的希冀,所以在文学上表现出来的是那些功名妻妾的团圆思想了。我并不想因此来判分那两种精神的优劣,因为求生意志原是人性的,只是这一种意志不能包括人生的全体,却也是自明的事实。

我不相信某一时代的某一倾向可以做文艺上永久的模范,但我相信真正的文学发达的时代必须多少含有贵族的精神。求生意志固然是生活的根据,但如没有求胜意志叫人努力的去求"全而善美"的生活,则适应的生存容易是退化的而非进化的了。人们赞美文艺上的平民的精神,却竭力的反对旧剧,其实旧剧正是平民文学的极峰,只因他的缺点大显露了,所以遭大家的攻击。贵族的精神走进歧路,要变成威廉第二的态度,当然也应该注意。我想文艺当以平民的精神为基调,再加以贵族的洗礼,这才能够造成真正的人的文学。倘若把社会上一时的阶级争斗硬移到艺术上来,要实行劳农专政,他的结果一定与经济政治上的相反,是一种退化的现象,旧剧就是他的一个影子。从文艺上说来,最好的事是平民的贵族化,——凡人的超人化,因为凡人如不想化为超人,便要化为末人了。

(1922年2月19日刊于《晨报副镌》,署名仲密)

辑 五

我是寻路的人

伟大的捕风

我最喜欢读《旧约》里的《传道书》。传道者劈头就说:"虚空的虚空",接着又说道,"已有的事后必再有,已行的事后必再行。日光之下并无新事。"这都是使我很喜欢读的地方。

中国人平常有两种口号,一种是说人心不古,一种是无论什么东西都说古已有之。我偶读拉瓦尔(Lawall)的《药学四千年史》,其中说及世界现存的埃及古文书,有一卷是基督前二千二百五十年的写本,(照中国算来大约是舜王爷登基的初年!)里边大发牢骚,说人心变坏,不及古时候的好云云,可见此乃是古今中外共通的意见,恐怕那天雨粟时夜哭的鬼的意思也是如此罢。不过这在我无从判断,所以只好不赞一词,而对于古已有之说则颇有同感,虽然如说潜艇即古之螺舟,轮船即隋炀帝之龙舟等类,也实在不敢恭维。我想,今有的事古必已有,说的未必对,若云已行的事后必再行,这似乎是无可疑的了。

世上的人都相信鬼,这就证明我所说的不错。普通鬼有两类。一是死鬼,即有人所谓幽灵也,人死之后所化,又可投生为人,轮回不息。二是活鬼,实在应称僵尸,从坟墓里再走到人间,《聊斋》里有好些他的故事。此二者以前都已知道,新近又有人发见一种,即梭罗古勃（Sologub）所说的"小鬼"，俗称当云遗传神君，比别的更是可怕了。易卜生在《群鬼》这本剧中，曾借了阿尔文夫人的口说道，"我觉得我们都是鬼。不但父母传下来的东西在我们身体里活着，并且各种陈旧的思想信仰这一类的东西也都存留在里头。虽然不是真正的活着，但是埋伏在内也是一样。我们永远不要想脱身。有时候我拿起张报纸来看，我眼里好像看见有许多鬼在两行字的夹缝中间爬着。世界上一定到处都有鬼。他们的数目就像沙粒一样的数不清楚"（引用潘家洵先生译文）。我们参照法国吕滂（Le bon）的《民族发展之心理》，觉得这小鬼的存在是万无可疑，古人有什么守护天使，三尸神等话头，如照古已有之学说，这岂不就是一则很有趣味的笔记材料么？

　　无缘无故疑心同行的人是活鬼，或相信自己心里有小鬼，这不但是迷信之尤，简直是很有发疯的意思了。然而没有法子。只要稍能反省的朋友，对于世事略加省察，便会明白，现代中国上下的言行，都一行行地写在二十四史的鬼账簿上面。画符，念咒，这岂不是上古的巫师，蛮荒的"药师"的勾当？但是他的生命实在是天壤无穷，在无论那一时代，还不是一样地在青年老年，公子女公子，诸色人等的口上指上乎？即如我胡乱写这篇东西，也何尝不是一种鬼画符之变相？只此一例足矣！

　　已有的事后必再有，已行的事后必再行，此人生之所以为虚空的虚空也欤？传道者之厌世盖无足怪。他说，"我又专心察明智慧狂妄和愚昧，乃知这也是捕风，因为多有智慧就多有愁烦，加增智识

204

就加增忧伤。"话虽如此，对于虚空的唯一的办法其实还只有虚空之追迹，而对于狂妄与愚昧之察明乃是这虚无的世间第一有趣味的事，在这里我不得不和传道者的意见分歧了。勃阑特思（Brandes）批评弗罗倍尔（Flaubert）说他的性格是用两种分子合成，"对于愚蠢的火烈的憎恶，和对于艺术的无限的爱。这个憎恶，与凡有的憎恶一例，对于所憎恶者感到一种不可抗的牵引。各种形式的愚蠢，如愚行迷信自大不宽容都磁力似的吸引他，感发他。他不得不一件件的把他们描写出来。"我听说从前张献忠举行殿试，试得一位状元，十分宠爱，不到三天忽然又把他"收拾"了，说是因为实在"太心爱这小子"的缘故，就是平常人看见可爱的小孩或女人，也恨不得一口水吞下肚去，那么倒过来说，憎恶之极反而喜欢，原是可以，殆正如金圣叹说，留得三四癞疮，时呼热汤关门澡之，亦是不亦快哉之一也。

　　察明同类之狂妄和愚昧，与思索个人的老死病苦，一样是伟大的事业，积极的人可以当一种重大的工作，在消极的也不失为一种有趣的消遣。虚空尽由他虚空，知道他是虚空，而又偏去追迹，去察明，那么这是很有意义的，这实在可以当得起说是伟大的捕风。法儒巴思加耳（Pascal）在他的《感想录》上曾经说过：

　　　　人只是一根芦苇，世上最脆弱的东西，但他是一根会思想的芦苇。这不必要世间武装起来，才能毁坏他。只须一阵风，一滴水，便足以弄死他了。但即使宇宙害了他，人总比他的加害者还要高贵，因为他知道他是将要死了，知道宇宙的优胜，宇宙却一点不知道这些。

十八年五月十三日，于北平。

碰　伤

我从前曾有一种计画，想做一身钢甲，甲上都是尖刺，刺的长短依照猛兽最长的牙更加长二寸。穿了这甲，便可以到深山大泽里自在游行，不怕野兽的侵害。他们如来攻击，只消同毛栗或刺猬般的缩着不动，他们就无可奈何，我不必动手，使他们自己都负伤而去。

佛经里说蛇有几种毒，最利害的是见毒，看见了他的人便被毒死。清初周安士先生注《阴骘文》，说孙叔敖打杀的两头蛇，大约即是一种见毒的蛇，因为孙叔敖说见了两头蛇所以要死了。（其实两头蛇或者同猫头鹰一样，只是凶兆的动物罢了。）但是他后来又说，现在湖南还有这种蛇，不过已经完全不毒了。

我小的时候，看《唐代丛书》里的《剑侠传》，觉得很是害怕。剑侠都是修炼得道的人，但脾气很是不好，动不动便以飞剑取人头于百步之外。还有剑仙，那更利害了，他的剑飞在空中，只如一道白光，能追赶几十里路，必须见血方才罢休。我当时心里祈求不要遇见剑侠，生恐一不小心得罪他们。

近日报上说有教职员学生在新华门外碰伤，大家都称咄咄怪事，但从我这浪漫派的人看来，一点都不足为奇。在现今的世界上，什么事都能有。我因此连带的想起上边所记的三件事，觉得碰伤实在是情理中所能有的事。对于不相信我的浪漫说的人，我别有事实上的例证举出来给他们看。

三四年前，浦口下关间渡客一只小轮，碰在停泊江心的中国军舰的头上，立刻沉没，据说旅客一个都不失少。（大约上船时曾经点名报数，有账可查的。）过了一两年后，一只招商局的轮船，又在长江中碰在当时国务总理所坐的军舰的头上，随即沉没，死了若干没有价值的人。年月与两方面的船名，死者的人数，我都不记得了，只记得上海开追悼会的时候，有一副挽联道，"未必同舟皆敌国，不图吾辈亦清流。"

因此可以知道，碰伤在中国实是常有的事。至于完全责任，当然由被碰的去负担。譬如我穿着有刺钢甲，或是见毒的蛇，或是剑仙，有人来触，或看，或得罪了我，那时他们负了伤，岂能说是我的不好呢？又譬如火可以照暗，可以煮饮食，但有时如不吹熄，又能烧屋伤人，小孩们不知道这些方便，伸手到火边去，烫了一下，这当然是小孩之过了。

听说，这次碰伤的缘故由于请愿。我不忍再责备被碰的诸君，但我总觉得这办法是错的。请愿的事，只有在现今的立宪国里，还暂时勉强应用，其余的地方都不通用的了。例如俄国，在一千九百零几年，曾因此而有军警在冬宫前开炮之举，碰的更利害了。但他们也就从此不再请愿了。……我希望中国请愿也从此停止，各自去努力罢。

十年六月，在西山。

（1921年6月10日刊于《晨报》，署名子严）

风的话

　　北京多风，时常想写一篇小文章讲讲他。但是一拿起笔，第一想到的便是大块噫气这些话，不觉索然兴尽，又只好将笔搁下。近日北京大刮其风，不但三日两头的刮，而且一刮往往三天不停，看看妙峰山的香市将到了，照例这半个月里是不大有什么好天气的，恐怕书桌上沙泥粒屑，一天里非得擦几回不可的日子还要暂时继续，对于风不能毫无感觉，不管是好是坏，决意写了下来。说到风的感想，重要的还是在南方，特别是小时候在绍兴所经历的为本，虽然觉得风颇有点可畏，却并没有什么可以嫌恶的地方。绍兴是水乡，到处都是河港，交通全用船，道路铺的是石板，在二三十年前还是没有马路。因为这个缘故，绍兴的风也就有他的特色。这假如说是地理的，此外也有一点天文的关系。绍兴在夏秋之间时常有一种龙风，这是在北京所没有见过的。时间大抵是在午后，往往是很好的天气，忽然一朵乌云上来，霎时天色昏黑，风暴大作，在城里说不上飞沙走石，总之是竹木摧折，屋瓦整叠的揭去，哗喇喇的掉在地下，所谓把井吹出篱笆外的事情也不是没有。若是在外江内河，正坐在船里的人，那自然是危险了，不过撑蜑船的老大们大概多是有经验的，他们懂得占候，会看风色，能够预先防备，受害或者不很大，说到危险倒还是内河的船，特别是小船，危险性最大。龙风本不是年年常有，就是发生也只是短时间，不久即过去了，记得《老子》上说过，"飘风不终朝，骤雨不终日，孰为此者天地，天地尚不能久，而况于人乎。"这话说得很好，此本是自然的纪律，虽然应用于人类的道德也是适合。下龙风一二等的大风却是随时多有，大中船不成问题，在小船也还不免危险。我说小船，这是指所谓踏桨船，从前在《乌蓬船》那篇小文中有云：

"小船则真是一叶扁舟，你坐在船底席上，蓬顶离你的头有两三寸，你的两手可以搁在左右的舷上，还把手掌都露出在外边。在这种船里仿佛是在水面上坐，靠近田岸去时便和你的眼鼻接近，而且遇着风浪，或是坐得稍不小心，就会船底朝天，发生危险，但是也颇有趣味，是水乡的一种特色。"陈昼卿《海角行吟》中有诗题曰踏桨船，小注云，船长丈许，广三尺，坐卧容一身，一人坐船尾，以足踏桨行如飞，向惟越人用以狎潮渡江，今江淮人并用之以代急足。这里说明船的大小，可以作为补足，但还得添一句，即舟人用一桨一楫，无舵，以楫代之。船的容量虽小，但其危险却并不在这小的一点上，因为还有一种划划船，更窄而浅，没有船蓬，不怕遇风倾覆，所以这小船的危险乃是因有蓬而船身较高之故。在庚子的前一年，我往东浦去吊先君的保母之丧，坐小船过大树港，适值大风，望见水面波浪如白鹅乱窜，船在浪上颠簸起落，如走游木，舟人竭力支撑，驶入汉港，始得平定，据说如再颠一刻，不倾没也将破散了。这种事情是常会有的，约十年后我的大姑母来家拜忌日，午后回吴融村去，小船遇风浪倾覆，遂以溺死。我想越人古来断发文身，入水与蛟龙斗，干惯了这些事，活在水上，死在水里，本来是觉悟的，俗语所谓瓦罐不离井上破，是也。我们这班人有的是中途从别处迁移去的，有的虽是土著，经过二千余年的岁月，未必能多少保存长颈鸟喙的气象，可是在这地域内住了好久，如范少伯所说，鼋鼍鱼鳖之与处而蛙龟之与同陼，自然也就与水相习，养成了这一种态度。辛丑以后我在江南水师学堂做学生，前后六年不曾学过游泳，本来在鱼雷学堂的旁边有一个池，因为有两个年幼的学生不慎淹死在里边，学堂总办就把池填平了，等我进校的时候那地方已经改造了三间关帝庙，住着一个老更夫，据说是打长毛立过功的都司。我年假回乡时遇见人问，你在水师当然是会游水吧。我答说，不。为什么呢？因为我们只是在船上时有用，若是落了水就不行了，还用得着游泳么。这回答一半是滑稽，一半是实话，没有这个觉悟怎么能去坐那小船呢。

上边我说在家乡就只怕坐小船遇风，可是如今又似乎翻船并不在乎，那么这风也不怎么可畏了。其实这并不尽然。风总还是可怕的，不过水乡的人既要以船为车，就不大顾得淹死与否，所以看得不严重罢了。除此以外，风在绍兴就不见得有什么讨人嫌的地方，因为他并不扬尘，街上以至门内院子里都是石板，刮上一天风也吹不起尘土来，白天只听得邻家的淡竹林的摩戛声，夜里北面楼窗的板门格答格答的作响，表示风的力量，小时候熟习的记忆现在回想起来，倒还觉得有点有趣。后来离开家乡，在东京随后在北京居住，才感觉对于风的不喜欢。本乡三处的住宅都有板廊，夏天总是那么沙泥粒屑，便是给风刮来的，赤脚踏上去觉得很不愉快，桌子上也是如此，伸纸摊书之前非得用手摸一下不可，这种经验在北京还是继续着，所以成了习惯，就是在不刮风的日子也会这样做。北京还有那种蒙古风，仿佛与南边的所谓落黄沙相似，刮得满地满屋的黄土，这土又是特别的细，不但无孔不入，便是用本地高丽纸糊好的门窗格子也挡不住，似乎能够从那帘纹的地方穿透过去。平常大风的时候，空中呼呼有声，古人云，春风狂似虎，或者也把风声说在内，听了觉得不很愉快。古诗有云，白杨多悲风，萧萧愁杀人。这萧萧的声音我却是欢喜，在北京所听的风声中要算是最好的。在前院的绿门外边，西边种了一棵柏树，东边种了一棵白杨，或者严格的说是青杨，如今十足过了廿五个年头，柏树才只拱把，白杨却已长得合抱了。前者是长青树，冬天看了也好看，后者每年落叶，到得春季长出成千万的碧绿大叶，整天的在摇动着，书本上说他无风自摇，其实也有微风，不过别的树叶子尚未吹动，白杨叶柄特别细，所以就颤动起来了。戊寅以前老友饼斋常来寒斋夜谈，听见墙外瑟瑟之声，辄惊问曰，下雨了吧，但不等回答，立即省悟，又为白杨所骗了。戊寅春初饼斋下世，以后不复有深夜谈天的事，但白杨的风声还是照旧可听，从窗里望见一大片的绿叶也觉得很好看。关于风的话现在可说的就只是这一点，大概风如不和水在一起这固无可畏，却也就没有什么意思了。

常　识

　　轮到要写文章的时候了，文章照例写不出。这一个多月里见闻了许多事情，本来似乎应该有话可说，何况仅仅只是几百个字。可是不相干，不但仍旧写不出文章，而且更加觉得没有话说。

　　老实说，我觉得我们现在话已说得太多，文章也写得太多了。我坐在北平家里天天看报章杂志，所看的并不很多，却只看见天天都是话，话，话。回过头来再看实际，又是一塌糊涂，无从说起。一个人在此刻如不是闭了眼睛塞住耳朵，以至昧了良心，再也不能张开口说出话来。我们高叫了多少年的取消不平等条约的口号，实际上有若何成绩，连三十四年前的辛丑条约还条条存在。不知道那些专叫口号贴标语的先生那里去了，对于过去的事可以不必再多说，但是我想以后总该注重实行，不要再想以笔舌成事，因这与画符念咒相去不远，究竟不能有什么效用也。

　　古人云，为治者不在多言，顾力行何如耳。这原是很对的，但在有些以说话为职业的人，例如新闻记者，那怎么办呢？新闻而不说什么话，岂不等于酒店里没有酒，当然是不成。据我外行人想来，反正现在评论是不行，报告又不可，就是把北岩勋爵请来也是没有办法的，那么何妨将错就错，（还是将计就计呢，）去给读者做个谈天朋友,假如酒楼的柱子上贴着莫谈国事或其他二十年前的纸条,那么就谈谈天地万物,以交换智识而联络感情,不亦可乎。

我想,在言论不大自由的时代,不妨有几种报纸以评论政治报告消息为副课,去与平民为友,供给读者以常识。说到这里,图穷而匕首见,题目出来,文章也就可以完了。不过在这里要想说明一句,便是关于常识的解释,我们无论对于读者怎么亲切,在新闻上来传授洋蜡烛的制造法,或是复利的计算法,那总可不必罢。所谓常识乃只是根据现代科学证明的普通知识,在初中的几种学科里原已略备,只须稍稍活用就是了。如中国从前相信华人心居中,夷人才偏左,西洋人从前相信男人要比女人少一支肋骨,现在都明白并不是这么一回事。我们如依据了这种知识,实心实意地做切切实实的文章,给读者去消遣也好,捧读也好,这样弄下去三年五年十年,必有一点成绩可言。说这未必能救国,或者也是的,但是这比较用了三年五年的光阴再去背诵许多新鲜古怪的抽象名词总当好一点,至少我想也不至于会更坏一点吧。

六月

(1935年6月16日刊于《实报》,署名知堂)

责　任

　　"天下兴亡，匹夫有责。"这是读书人常说的一句话，作为去干政治活动的根据的，据说这是出于顾亭林。查《日知录》卷十三有这样的几句云："保国者，其君其臣肉食者谋之。保天下者，匹夫之贱与有责焉耳矣。"再查这一节的起首云："有亡国，有亡天下。亡国与亡天下奚辨？曰，易姓改号，谓之亡国。仁义充塞而至于率兽食人，人将相食，谓之亡天下。"顾亭林谁都知道是明朝遗老，是很有民族意识的，这里所说的话显然是在排满清，表面上说些率兽食人的老话，后面却引刘渊石勒的例，可以知道他的意思。保存一姓的尊荣乃是朝廷里人们的事情，若守礼法重气节，使国家勿为外族所乘，则是人人皆应有的责任，我想原义不过如此，那些读书人的解法恐怕未免有点歪曲了吧。但是这责任重要的还是在平时，若单从死难着想毫无是处。倘若平生自欺欺人，多行不义，即使卜居柴市近旁，常往崖山踏勘，亦复何用。洪允祥先生的《醉余随笔》里有一节说得好：

　　"《甲申殉难录》某公诗曰，愧无半策匡时难，只有一死报君恩。天醉曰，没中用人死亦不济事。然则怕死者是欤？天醉曰，要他勿怕死是要他拼命做事，不是要他一死便了事。"

这是极精的格言，在此刻现在的中国正是对症服药。《日知录》所说匹夫保天下的责任在于守礼法重气节，本是一种很好的说法，现在觉得还太笼统一点，可以再加以说明。光是复古地搬出古时的德目来，把它当作符似地贴在门口，当作咒似地念在嘴里，照例是不会有效验的，自己不是巫祝而这样地祈祷和平，结果仍旧是自欺欺人，不负责任。我们现在所需要的是实行，不是空言，是行动，不是议论。这里没有多少繁琐的道理，一句话道，大家的责任就是大家要负责任。我从前曾说过，要武人不谈文，文人不谈武，中国才会好起来，也原是这个意思，今且按下不表，单提我们捏笔杆写文章的人应该怎样来负责任。这可以分作三点。一是自知。"知之为知之，不知为不知。"不知妄说，误人子弟，该当何罪，虽无报应，岂不惭愧。二是尽心。文字无灵，言论多难，计较成绩，难免灰心，但当尽其在我，锲而不舍，岁计不足，以五年十年计之。三是言行相顾。中国不患思想界之缺权威，而患权威之行不顾言，高卧温泉旅馆者指挥农工与陪姨太太者引导青年，同一可笑也。无此雅兴与野心的人应该更朴实的做，自己所说的话当能实践，自己所不能做的事可以不说，这样地办自然会使文章的虚华减少，看客掉头而去，但同时亦使实质增多，不误青年主顾耳。文人以外的人各有责任，兹不多赘，但请各人自己思量可也。

八月

（1935年8月25日刊于《实报》，署名知堂）

畏天悯人

刘熙载著《艺概》卷一文概中有一则云：

"畏天悯人四字见文中子《周公篇》，盖论《易》也。今读《中说》全书，觉其心法皆不出此意。"查《中说》卷四云：

"文中子曰，《易》之忧患，业业焉，孜孜焉，其畏天悯人，思及时而动乎。"关于《周易》我是老实不懂，没有什么话说，《中说》约略翻过一遍，看不出好处来，其步趋《论语》的地方尤其讨厌，据我看来，文中子这人远不及王无功有意思。但是上边的一句话我觉得很喜欢，虽然是断章取义的，意义并不一样。

天就是"自然"。生物的自然之道是弱肉强食，适者生存。河里活着鱼虾虫豸，忽然水干了，多少万的生物立即枯死。自然是毫无感情的，《老子》称之曰天地不仁。人这生物本来也受着这种支配，可是他要不安分地去想，想出不自然的仁义来。仁义有什么不好，这是很合于理想的，只是苦于不能与事实相合。不相信仁义的有福了，他可以老实地去做一只健全的生物。相信的以为仁义即天道，也可以圣徒似地闭了眼祷告着过一生，这种人虽然未必多有。许多的人看清楚了事实却又不能抛弃理想，于是唯有烦闷。这有两条不同的路，但觉得同样地可怜。一是没有法。正如巴斯加耳说过，他受了自然的残害，一点都不能抵抗，可是他知道如此，而"自然"无知，只此他是胜过自然了。二是有法，即信自然是有知的。他也看见事实打坏了理想，却幻想这是自然用了别一方式去把理想实现了。说来虽似可笑，然而滔滔者天下皆是也，我们随便翻书，便可随时找出例子来。

最显明的例是讲报应。元来因果是极平常的事，正如药苦糖甜，由于本质，或杀人偿命，欠债还钱，是法律上所规定，当然要执行的。但所谓报应则不然。这是在世间并未执行，却由别一势力在另一时地补行之，盖是弱者之一种愿望也。前读笔记，见此类纪事很以为怪，曾云：

"我真觉得奇怪，何以中国文人这样喜欢讲那一套老话，如甘蔗滓的一嚼再嚼，还有那么好的滋味。最显著的一例是关于所谓逆妇变猪这类的记事。在阮元的《广陵诗事》卷九中有这样的一则云云。阮云台本非俗物，于考据词章之学也有成就，乃喜纪录此等恶滥故事，殊不可解。"近日读郝懿行的诗文随笔，此君文章学识均为我所钦敬，乃其笔录中亦常未能免俗。又袁小修日记上海新印本出板，比所藏旧本多两卷，重阅一过，发见其中谈报应的亦颇不少，而且多不高明。因此乃叹此事大难，向来乱读杂书，见关于此等事思想较清楚者只有清朝无名的两人，即汉军刘玉书四川王侃耳。若大多数的人则往往有两个世界，前世造了孽，所以在这世无端地挨了一顿屁股或其他，这世作了恶，再拖延到死后去下地狱，这样一来，世间种种疑难杂事大抵也就可以解决了。

从报应思想反映出几件事情来。一是人生的矛盾。理想是仁义，而事实乃是弱肉强食。强者口说仁义，却仍吃着肉。皇帝的事情是不敢说的了，武人官吏土豪流贼的无法无天怎么解说呢？这只能归诸报应，无论是这班杀人者将来去受报也好，或者被杀的本来都是来受报的也好，总之这矛盾就搪塞过去了。二是社会的缺陷。有许多恶事，在政治清明法律完备的国家大抵随即查办，用不着费阴司判官的心的，但是在乱世便不可能，大家只好等候侠客义贼或是阎罗老子来替他们出气，所以我颇疑《水浒传》《果报录》的盛行即是中国社会混乱的一种证据。可是也有在法律上不成大问题的，文人看了很觉得可恶，大有欲得而甘心之意，也就在他笔下去办他一下，那自然更是无聊，这里所反映出来的乃只是道学家的脾气罢了。

甘熙著《白下琐言》卷三有一则云："正阳门外有地不生青草，为方正学先生受刑处。午门内正殿堤石上有一凹，雨后拭之血痕宛然，亦传为草诏时齿血所溅。盖忠义之气融结宇宙间，历久不磨，可与黄公祠血影石并传。"这类的文字我总读了悒然不乐。孟德斯鸠临终有言，据严几道说，帝力之大如吾力之为微。人不承认自己的微，硬要说得阔气，这是很可悲的事。如上边所说，河水干了，几千万的鱼虾虫豸一齐枯死。一场恶战，三军覆没，一场株连，十族夷灭，死者以万千计。此在人事上自当看作一大变故，在自然上与前者事同一律，天地未必为变色，宇宙亦未必为震动也。河水不长则陆草生焉，水长复为小河，生物亦生长如故，战场及午门以至弼教坊亦然，土花石晕不改故常，方正学虽有忠义之气，岂能染污自然尺寸哉。俗人不悲方君的白死，宜早早湮没藉以慰安之，乃反为此等曲说，正如茅山道士讳虎噬为飞升，称被杀曰兵解，弥复可笑矣。曾读英国某人文云，世俗确信公理必得最后胜利，此不尽然，在教派中有先屈后伸者，盖因压迫者稍有所顾忌，芟夷不力之故，古来有若干宗派确被灭尽，遂无复孑遗。此铁冷的事实正纪录着自然的真相，世人不察，却要歪曲了来说，天让正人义士被杀了，还很爱护他，留下血迹以示褒扬。倘若真是如此，这也太好笑，岂不与猎师在客座墙上所嵌的一个鹿头相同了么？王彦章曰，豹死留皮，人死留名。豹的一生在长林丰草间，及为虎咬蛇吞，便干脆了事，不幸而死于猎户之手，多留下一张皮毛为贵人作坐垫，此正是豹之"兽耻"也。彦章武夫，不妨随便说，若明达之士应知其非。闻有法国诗人微尼氏曾作一诗曰"狼之死"，有画廊派哲人之风，是殆可谓的当的人生观欤。

附记

年纪大起来了，觉得应该能够写出一点冲淡的文章来吧。如今反而写得那么剑拔弩张，自己固然不中意，又怕看官们也不喜欢，更是过意不去。

十月三日记。

（1935年10月7日刊于《大公报》，署名知堂）

情　理

管先生叫我替《实报》写点文章，我觉得不能不答应，实在却很为难。这写些什么好呢？

老实说，我觉得无话可说。这里有三种因由。一，有话未必可说。二，说了未必有效。三，何况未必有话。

这第三点最重要，因为这与前二者不同，是关于我自己的。我想对于自己的言与行我们应当同样地负责任，假如明白这个道理而自己不能实行时便不该随便说，从前有人住在华贵的温泉旅馆而嚷着叫大众冲上前去革命，为世人所嗤笑，至于自己尚未知道清楚而乱说，实在也是一样地不应当。

现在社会上忽然有读经的空气继续金刚时轮法会而涌起，这现象的好坏我暂且不谈，只说读九经或十三经，我的赞成的成分倒也可以有百分之十，因为现在至少有一经应该读，这里边至少也有一节应该熟读。这就是《论语》的《为政》第二中的一节：

子曰，由，诲汝知之乎，知之为知之，不知为不知，是知也。

这一节话为政者固然应该熟读，我们教书捏笔杆的也非熟读不可，否则不免误人子弟。我在小时候念过一点经史，后来又看过一点子集，深感到这种重知的态度是中国最好的思想，也与苏格拉底可以相比，是科学精神的源泉。

我觉得中国有顶好的事情，便是讲情理，其极坏的地方便是不讲情理。随处皆是物理人情，只要人去细心考察，能知者即可渐进为贤人，不知者终为愚人，恶人。《礼记》云，饮食男女人之大欲存焉，死亡贫苦人之大恶存焉。《管子》云，仓廪实则知礼节，衣食足则知荣辱。这都是千古不变的名言，因为合情理。现在会考的规则，功课一二门不及格可补考二次，如仍不及格则以前考过及格的功课亦一律无效。这叫做不合理。全省一二门不及格学生限期到省会考，不考虑道路的远近，经济能力的及不及。这叫做不近人情。教育方面尚如此，其他可知。

这所说的似乎专批评别人，其实重要的还是借此自己反省，我们现在虽不做官，说话也要谨慎，先要认清楚自己究竟知道与否，切不可那样不讲情理地乱说。说到这里，对于自己的知识还没有十分确信，所以仍不能写出切实有主张的文章来，上边这些空话已经有几百字，聊以塞责，就此住笔了。

廿四年五月记。

附记

管翼贤先生来访，命为《实报》写"星期偶感"，在星期日报上发表，由五人轮流执笔，至十一月计得六篇，便集录于此。

十一月廿六日记。

（1935年5月12日刊于《实报》，署名知堂）

沉　默

林玉堂先生说，法国一个演说家劝人缄默，成书三十卷，为世所笑，所以我现在做讲沉默的文章，想竭力节省，以原稿纸三张为度。

提倡沉默从宗教方面讲来，大约很有材料，神秘主义里很看重沉默，美忒林克便有一篇极妙的文章。但是我并不想这样做，不仅因为怕有拥护宗教的嫌疑，实在是没有这种知识与才力。现在只就人情世故上着眼说一说罢。

沉默的好处第一是省力。中国人说，多说话伤气，多写字伤神。不说话不写字大约是长生之基，不过平常人总不易做到。那么一时的沉默也就很好，于我们大有裨益。三十小时草成一篇宏文，连睡觉的时光都没有，第三天必要头痛；演说家在讲台上呼号两点钟，难免口干喉痛，不值得甚矣。若沉默，则可无此种劳苦，——虽然也得不到名声。

沉默的第二个好处是省事。古人说"口是祸门"，关上门，贴上封条，祸便无从发生，（"闭门家里坐，祸从天上来"，那只算是"空气传染"，又当别论，）此其利一。自己想说服别人，或是有所辩解，照例是没有什么影响，而且愈说愈是渺茫，不如及早沉默，虽然不能因此而说服或辩明，但至少是不会增添误会。又或别人有所陈说，在这面也照例不很能理解，极不容易答复，这时候沉默是适当的办法之一。古人说不言是最大的理解，这句话或者有深奥的道理，据我想则在我至少可以藏过不理解，而在他也就可以有猜想被理解了之自由。沉默之好处的好处，此其二。

　　善良的读者们，不要以我为太玩世（Cynical）了罢？老实说，我觉得人之互相理解是至难——即使不是不可能的事，而表现自己之真实的感情思想也是同样地难。我们说话作文，听别人的话，读别人的文，以为互相理解了，这是一个聊以自娱的如意的好梦，好到连自己觉到了的时候也还不肯立即承认，知道是梦了却还想在梦境中多流连一刻。其实我们这样说话作文无非只是想这样做，想这样聊以自娱，如其觉得没有什么可娱，那么尽可简单地停止。我们在门外草地上翻几个筋斗，想象那对面高楼上的美人看着，（明知她未必看见，）很是高兴，是一种办法；反正她不会看见，不翻筋斗了，且卧在草地上看云罢，这也是一种办法。两者都是对的，我这回是在做第二个题目罢了。

　　我是喜翻筋斗的人，虽然自己知道翻得不好。但这也只是不巧妙罢了，未必有什么害处，足为世道人心之忧。不过自己的评语总是不大靠得住的，所以在许多知识阶级的道学家看来，我的筋斗都翻得有点不道德，不是这种姿势足以坏乱风俗，便是这个主意近于妨害治安。这种情形在中国可以说是意表之内的事，我们并不想因此而变更态度，但如民间这种倾向到了某一程度，翻筋斗的人至少也应有想到省力的时候了。

　　三张纸已将写满，这篇文应该结束了。我费了三张纸来提倡沉默，因为这是对于现在中国的适当办法。——然而这原来只是两种办法之一，有时也可以择取另一办法：高兴的时候弄点小把戏，"藉资排遣"。将来别处看有什么机缘，再来噪聒，也未可知。

1924年7月20日记。

死之默想

四世纪时希腊厌世诗人巴拉达思作有一首小诗道，

（Polla laleis，anthrope. –Palladas）

　　你太饶舌了，人呵，不久将睡在地下；
　　住口罢，你生存时且思索那死。

　　这是很有意思的话。关于死的问题，我无事时也曾默想过，（但不坐在树下，大抵是在车上，）可是想不出什么来，——这或者因为我是个"乐天的诗人"的缘故吧。但其实我何尝一定崇拜死，有如曹慕管君，不过我不很能够感到死之神秘，所以不觉得有思索十日十夜之必要，于形而上的方面也就不能有所饶舌了。

　　窃察世人怕死的原因，自有种种不同，"以愚观之"可以定为三项，其一是怕死时的苦痛，其二是舍不得人世的快乐，其三是顾虑家族。苦痛比死还可怕，这是实在的事情。十多年前有一个远房的伯母，十分困苦，在十二月底想投河寻死，（我们乡间的河是经冬不冻的，）但是投了下去，她随即走了上来，说是因为水太冷了。有些人要笑她痴也未可知，但这却是真实的人情。倘若有人能够切实保证，诚如某生物学家所说，被猛兽咬死痒苏苏地很是愉快，我想一定有许多人裹粮入山去投身饲饿虎的了。可惜这一层不能担保，有些对于别项已无留恋的人因此也就不得不稍为踌躇了。

顾虑家族，大约是怕死的原因中之较小者，因为这还有救治的方法。将来如有一日，社会制度稍加改良，除施行善种的节制以外，大家不问老幼可以各尽所能，各取所需，凡平常衣食住，医药教育，均由公给，此上更好的享受再由个人自己的努力去取得，那么这种顾虑就可以不要，便是夜梦也一定平安得多了。不过我所说的原是空想，实现还不知在几十百千年之后，而且到底未必实现也说不定，那么也终是远水不救近火，没有什么用处。比较确实的办法还是设法发财，也可以救济这个忧虑。为得安闲的死而求发财，倒是很高雅的俗事；只是发财大不容易，不是我们都能做的事，况且天下之富人有了钱便反死不去，则此法亦颇有危险也。

人世的快乐自然是狠可贪恋的，但这似乎只在青年男女才深切的感到，像我们将近"不惑"的人，尝过了凡人的苦乐，此外别无想做皇帝的野心，也就不觉得还有舍不得的快乐。我现在的快乐只想在闲时喝一杯清茶，看点新书，（虽然近来因为政府替我们储蓄，手头只有买茶的钱，）无论他是讲虫鸟的歌唱，或是记贤哲的思想，古今的刻绘，都足以使我感到人生的欣幸。然而朋友来谈天的时候，也就放下书卷，何况"无私神女"（Atropos）的命令呢？我们看路上许多乞丐，都已没有生人乐趣，却是苦苦的要活着，可见快乐未必是怕死的重大原因；或者舍不得人世的苦辛也足以叫人留恋这个尘世罢。讲到他们，实在已是了无牵挂，大可"来去自由"，实际却不能如此，倘若不是为了上边所说的原因，一定是因为怕河水比彻骨的北风更冷的缘故了？

对于"不死"的问题，又有什么意见呢？因为少年时当过五六年的水兵，头脑中多少受了唯物论的影响，总觉得造不起"不死"这个观念来，虽然我很喜欢听荒唐的神话。即使照神话故事所讲，那种长生不老的生活我也一点儿都不喜欢。住在冷冰冰的金门玉阶的屋里，吃着五香牛肉一类的麟肝凤脯，天天游手好闲，不在松树下着棋，便同金童玉女厮混，也不见得有什么趣味，况且永远如此，更是单调而且困倦了。又听人说，仙家的时间是与凡人不同的，诗云"山中方七日，世上已千年"，所以烂柯山下的六十年在棋边只是半个时辰耳，那里会有日子太长之感呢？但是由我看来，仙人活了二百万岁也只抵得人间的四十春秋，这样浪费时间无裨实际的生活，殊不值得费尽了心机去求得他；倘若二百万年后劫波到来，就此溘然，将被五十岁的凡夫所笑。较好一点的还是那西方凤鸟（Phoenix）的办法，活上五百年，便尔蜕去，化为幼凤，这样的轮回倒很好玩的，——可惜他们是只此一家，别人不能仿作，大约我们还只好在这被容许的时光中，就这平凡的境地中，寻得些须的安闲悦乐，即是无上幸福；至于"死后，如何？"的问题，乃是神秘派诗人的领域，我们平凡人对于成仙做鬼都不关心，于此自然就没有什么兴趣了。

十三年十二月记。

自己的园地

一百五十年前，法国的福禄特尔做了一本小说《亢迭特》（*Candide*），叙述人世的苦难，嘲笑"全舌博士"的乐天哲学。亢迭特与他的老师全舌博士经了许多忧患，终于在土耳其的一角里住下，种园过活，才能得到安住。亢迭特对于全舌博士的始终不渝的乐天说，下结论道，"这些都是很好，但我们还不如去耕种自己的园地。"这句格言现在已经是"脍炙人口"，意思也很明白，不必再等我下什么注脚。但是现在把他抄来，却有一点别的意义。所谓自己的园地，本来是范围很宽，并不限定于某一种：种果蔬也罢，种药材也罢，——种蔷薇地丁也罢，只要本了他个人的自觉，在人认的不论大小的地面上，用[1]了力量去耕种，便都是尽了他的天职了。在这平淡无奇的说话中间，我所想要特地申明的，只是在于种蔷薇地丁也是耕种我们自己的园地，与种果蔬药材，虽是种类不同而有同一的价值。

我们自己的园地是文艺，这是要在先声明的。我并非厌薄别种活动而不屑为，——我平常承认各种活动于生活都是必要，实在是

---

1 原作"应"。

小半由于没有这种的材能，大半由于缺少这样的趣味，所以不得不在这中间定一个去就。但我对于这个选择并不后悔，并不惭愧园地的小与出产的薄弱而且似乎无用。依了自己的心的倾向，去种蔷薇地丁，这是尊重个性的正当办法，即使如别人所说各人果真应报社会的恩，我也相信已经报答了，因为社会不但需要果蔬药材，却也一样迫切的需要蔷薇与地丁，——如有蔑视这些的社会，那便是白痴的，只有形体而没有精神生活的社会，我们没有去顾视他的必要。倘若用了什么名义，强迫人牺牲了个性去侍奉白痴的社会，——美其名曰迎合社会心理，——那简直与借了伦常之名强人忠君，借了国家之名强人战争一样的不合理了。

有人说道，据你所说，那么你所主张的文艺，一定是人生派的艺术了。泛称人生派的艺术，我当然是没有什么反对，但是普通所谓人生派是主张"为人生的艺术"的，对于这个我却略有一点意见。"为艺术的艺术"将艺术与人生分离，并且将人生附属于艺术，至于如王尔德的提倡人生之艺术化，固然不很妥当；"为人生的艺术"以艺术附属于人生，将艺术当作改造生活的工具而非终极，也何尝不把艺术与人生分离呢？我以为艺术当然是人生的，因为他本是我们感情生活的表现，叫他怎能与人生分离？"为人生"——于人生有实利，当然也是艺术本有的一种作用，但并非唯一的职务。总之艺术是独立的，却又原来是人性的，所以既不必使他隔离人生，又不必使他服侍人生，只任他成为浑然的人生的艺术便好了。"为艺术"派以个人为艺术的工匠，"为人生"派以艺术为人生的仆役，现在却以个人为主人，表现情思而成艺术，即为其生活之一部，初不为福利他人而作，而他人接触这艺术，得到一种共鸣与感兴，使其精神生活充实而丰富，又即以为实生活的基本；这是人生的艺术的要点，有独立的艺术美与无形的功利。我所说的蔷薇地丁的种作，便是如此。有些人种花聊以消遣，有些人种花志在卖钱；真种花者以种花为其生活，——而花亦未尝不美，未尝于人无益。

（1922年1月22日刊于《晨报副镌》，署名仲密）